EDGAR ALLAN POE

CONTOS EXTRAORDINÁRIOS

EDGAR ALLAN POE

Principis

Projeto gráfico de capa
BR75 | Luiza Aché

Projeto gráfico de miolo
BR75 | Luiza Aché

Diagramação
BR75 | Laura Arbex

Revisão
BR75 | Cindy Leopoldo e Silvia Rebello

Tradução
Marcelo Barbão

Dados Internacionais de Catalogação na Publicação (CIP) de acordo com ISBD

P743c Poe, Edgar Allan, 1809-1849

Contos extraordinários / Edgar Allan Poe ; traduzido por Marcelo Barbão. - Barueri, SP : Ciranda Cultural, 2019.
144 p. ; 16cm x 23cm. - (Clássicos da Literatura Mundial)

ISBN: 978-85-943-1825-1

1. Literatura americana. 2. Contos. I. Barbão, Marcelo. II. Título. III. Série.

2018-940 CDD 813
CDU 821.111(73)-31

Elaborado por Vagner Rodolfo da Silva - CRB-8/9410

Índice para catálogo sistemático:
1. Literatura americana : Contos 813
2. Literatura americana : Contos 821.111(73)-31

1ª Edição
2ª Impressão em 2019
www.cirandacultural.com.br

SUMÁRIO

O GATO PRETO

Para a narrativa estranha e simples que estou prestes a escrever, não espero nem peço que acreditem em mim. De fato, eu seria louco em esperar algo assim, em um caso no qual meus sentidos rejeitam o que testemunharam. No entanto, louco não estou – e com certeza não estou sonhando. Mas amanhã vou morrer e hoje preciso aliviar minha alma. Meu objetivo agora é apresentar ao mundo, de maneira clara, sucinta e sem comentários, uma série de simples eventos domésticos. Por suas consequências, esses eventos me aterrorizaram, torturaram e, por fim, destruíram. Mesmo assim não tentarei explicá-los. Se para mim eles foram horríveis, para muitos parecerão não tanto terríveis quanto *barroques*. Mais tarde, talvez, possa ser encontrada alguma inteligência que consiga explicar meu fantasma – alguma inteligência mais calma, mais lógica e muito menos excitável do que a minha, que perceberá, nas circunstâncias que temerosamente vou detalhar, nada mais que uma sucessão vulgar de causas e efeitos naturais.

Desde minha infância, fui conhecido pela docilidade e bondade de meu caráter. Meu coração terno era tão evidente que me fazia alvo das brincadeiras de meus companheiros. Eu gostava especialmente de animais, e meus pais me permitiam ter uma grande variedade de bichos de estimação. Com estes eu passava a maior parte do meu tempo, e meus momentos mais felizes eram quando os alimentava e acariciava. Essa peculiaridade de caráter cresceu comigo e, quando fiquei adulto, era uma das minhas principais fontes de prazer. Para aqueles que já amaram um cão fiel e sagaz, dificilmente preciso explicar a natureza ou a intensidade do carinho que se recebe em troca. Há algo no amor abnegado e sacrificado de um animal que vai diretamente ao coração daquele que teve a oportunidade de experimentar a falsa amizade e a frágil fidelidade do *Homem*.

Casei-me cedo e por sorte minha esposa compartia essas mesmas preferências. Observando minha predileção por animais domésticos, ela não perdia a oportunidade de conseguir os mais agradáveis. Tínhamos pássaros, peixes dourados, um bom cachorro, coelhos, um pequeno macaco e *um gato*.

Este último era um animal extraordinariamente grande e belo, inteiramente negro e esperto a um grau espantoso. Ao falar de sua inteligência, minha esposa, que no fundo não era nem um pouco supersticiosa, fazia frequentes alusões à antiga crença popular, que considerava que todos os gatos negros eram bruxas disfarçadas. Não que ela alguma vez tivesse falado isso a *sério* – e menciono o assunto só porque acabei de lembrar isso agora.

Plutão – este era o nome do gato – era meu animal de estimação favorito e companheiro de brincadeiras. Só eu o alimentava e ele me acompanhava onde quer que eu fosse pela casa. Era com dificuldade que conseguia impedi-lo de me seguir pelas ruas.

Nossa amizade durou, dessa maneira, por vários anos, durante os quais o meu temperamento geral e caráter – por causa do Demônio da Intemperança – tinha (coro ao confessar isso) se alterado radicalmente para pior. Fui ficando, dia após dia, mais temperamental, mais irritável, mais indiferente aos sentimentos dos outros. Eu me permitia usar linguagem destemperada com minha esposa. Finalmente, até fui violento com ela. Meus bichos, é claro, sofreram com a mudança no meu caráter. Não apenas os negligenciava como também os maltratava. Por Plutão, no entanto, eu ainda mantinha uma consideração suficiente para me impedir de maltratá-lo, algo que não tinha escrúpulos em fazer com os coelhos, o macaco ou mesmo o cachorro quando, por acidente ou por afeição, eles ficavam no meu caminho. Mas minha doença foi crescendo dentro de mim – pois que doença é comparável ao álcool! – e finalmente até mesmo Plutão, que agora estava envelhecendo, e portanto tinha ficado um pouco rabugento, até mesmo Plutão começou a sentir as consequências do meu mau humor.

Uma noite, voltando para casa, muito embriagado, de uma das minhas perambulações pela cidade, parecia que o gato evitava minha presença. Eu o agarrei; mas, com medo da minha violência, ele mordeu levemente a minha mão. A fúria de um demônio imediatamente me possuiu. Eu não me conhecia mais. Minha alma original parecia, de repente, fugir do meu corpo e uma maldade mais do que diabólica, nutrida pelo gim, excitou cada fibra do meu corpo. Tirei do bolso do colete um canivete, abri, agarrei o pobre animal pelo pescoço e arranquei deliberadamente um dos seus olhos! Sinto vergonha, queimo por dentro, estremeço, enquanto escrevo essa maldita atrocidade.

Quando a razão retornou com a manhã – quando eu tinha me recuperado do desregramento noturno – experimentei um sentimento meio de horror, meio de remorso, pelo crime do qual era culpado, mas foi, na melhor das hipóteses, um sentimento fraco e ambíguo, que não tocou profundamente minha alma. Eu novamente mergulhei nos excessos e logo afoguei no vinho toda a lembrança do ato.

Nesse meio tempo, o gato se recuperou lentamente. A órbita do olho perdido apresentava, é verdade, uma aparência assustadora, mas ele já não parecia sentir dor. Percorria a casa como de costume, mas, como era de se esperar, fugia extremamente aterrorizado quando eu me aproximava. Ainda tinha um pouco do meu velho coração, a ponto de, a princípio, ficar angustiado por essa evidente aversão por parte de uma criatura que já tinha me amado tanto. Mas este sentimento logo deu lugar à irritação. E então chegou, para minha queda final e irrevogável, o espírito da PERVERSIDADE. A filosofia não leva em conta esse espírito. No entanto, assim como tenho certeza de que minha alma existe, sei que a perversidade é um dos impulsos primitivos do coração humano – uma das faculdades ou sentimentos primários e indivisíveis que orientam o caráter do homem. Quem não se viu, centenas vezes, cometendo uma ação vil ou estúpida simplesmente porque sabia que não deveria? Não temos uma tendência permanente, enfrentando nosso bom senso, a quebrar aquilo que é a *Lei*, só pelo prazer de quebrá-la? Esse espírito de perversidade, digo eu, se apresentou em minha queda final. Foi esse insondável anseio da alma *de se atormentar* – ser violenta contra sua própria natureza, de fazer o mal apenas pelo mal – que me instigou a continuar e finalmente consumar a maldade que eu infligira ao animal inofensivo. Certa manhã, a sangue frio, coloquei um laço em seu pescoço e pendurei-o no galho de uma árvore. Balancei-o enquanto as lágrimas escorriam dos meus olhos e com o mais amargo remorso em meu coração. Eu o enforquei *porque* sabia que tinha me amado e *porque* sentia que não tinha me dado motivo para matá-lo. Eu o enforquei *porque* sabia que, ao fazer isso, estava cometendo um pecado, um pecado mortal que colocaria em perigo minha alma imortal e a colocaria – se tal coisa fosse possível – fora do alcance da infinita misericórdia do Deus Mais Misericordioso e Mais Terrível.

Na noite do dia em que este ato cruel foi realizado, fui despertado do sono pelo grito de incêndio. As cortinas da minha cama estavam em chamas. A casa inteira estava pegando fogo. Foi com grande dificuldade que minha esposa, uma criada e eu fugimos do desastre. A destruição foi completa. Todos os meus bens foram perdidos e eu me resignei ao desespero a partir de então.

Não vou procurar estabelecer uma sequência de causa e efeito entre o desastre e a atrocidade que havia cometido. Mas estou detalhando uma cadeia de fatos e não desejo deixar de fora sequer um possível vínculo incompleto. No dia seguinte ao incêndio, visitei as ruínas. As paredes, com exceção de uma, tinham caído. Essa exceção era uma parede divisória, não muito grossa, que ficava no meio da casa, e contra a qual se apoiava a cabeceira da minha cama. O reboco tinha em grande parte, resistido à ação do fogo, o que atribuí ao fato de ter sido recentemente aplicado. Na frente dessa parede, reunia-se uma multidão, e muitas pessoas pareciam estar examinando uma área específica com grande atenção e detalhe. As palavras "estranho!", "singular!" e outras expressões similares atiçaram minha curiosidade. Eu me aproximei e vi, como se estivesse gravado em baixo relevo sobre a superfície branca, a figura de um *gato* gigantesco. A impressão tinha sido feita com uma precisão verdadeiramente maravilhosa. Havia uma corda ao redor do pescoço do animal.

Quando vi pela primeira vez essa aparição – pois dificilmente poderia considerá-la outra coisa – minha surpresa e meu terror foram extremos. Mas finalmente a reflexão veio em meu auxílio. O gato, lembrei-me, tinha sido pendurado em um jardim adjacente à casa. Dado o alarme de fogo, este jardim foi imediatamente tomado pela multidão e alguma dessas pessoas deve ter cortado o animal da árvore e jogado, através de uma janela aberta, no meu quarto. Isso provavelmente foi feito com o objetivo de me acordar. A queda de outras paredes tinha comprimido a vítima da minha crueldade na massa do reboco recém-aplicado cujo cal, com as chamas, e o *amoníaco* da carcaça, havia produzido a imagem que eu estava vendo.

Embora essa explicação tivesse satisfeito minha razão, apesar de não inteiramente minha consciência, a respeito do estranho episódio que acabei de detalhar, não deixou de impressionar profundamente minha imaginação. Durante meses não pude me livrar do fantasma do gato e, durante esse período, voltou ao meu espírito um tipo de sentimento que parecia, mas não era, remorso. Cheguei a ponto de lamentar a perda do animal e de procurar, entre os lugares vis que habitualmente frequentava, por outro da mesma espécie, e de aparência um pouco semelhante, para ocupar seu lugar.

Uma noite, enquanto estava sentado, meio bêbado, em uma taberna mais do que infame, minha atenção foi repentinamente atraída por um objeto negro repousando sobre a tampa de um dos imensos barris de gim, ou de rum, que constituía a principal mobília do lugar. Fiquei olhando fixamente para o topo desse barril por alguns minutos, e o que agora me causava surpresa era o fato de não ter percebido antes a mancha negra que estava sobre ele. Eu me aproximei e toquei com a mão. Era um gato preto – muito grande – quase tão grande quanto Plutão e parecido com ele em todos os aspectos, exceto um. Plutão não tinha pelos brancos em nenhuma parte do corpo; mas esse gato tinha uma grande, embora indefinida, mancha branca, cobrindo quase toda a região do peito. Ao tocá-lo, ele imediatamente se levantou, ronronou alto, esfregou-se contra a minha mão e pareceu encantado com a minha atenção. Esta, então, era a criatura que eu estava procurando. Imediatamente me ofereci para comprá-lo do taberneiro, mas o homem respondeu que não era dele, não sabia nada sobre o gato, nunca o tinha visto antes.

Continuei minhas carícias e, quando me preparei para ir para casa, o animal demonstrou disposição para me acompanhar. Permiti que fizesse isso ocasionalmente inclinando-me e dando tapinhas nele enquanto prosseguia. Quando cheguei à casa, ele já estava domesticado e se tornou imediatamente o favorito da minha esposa.

De minha parte, logo descobri uma antipatia por ele crescendo dentro de mim. Foi exatamente o oposto do que eu havia antecipado, mas – não sei como ou por quê – seu evidente carinho por mim me desgostava e aborrecia. Aos poucos, esses sentimentos de repulsa e irritação cresceram até chegar à amargura do ódio. Eu evitava a criatura, mas uma certa vergonha e a lembrança de meu antigo ato de crueldade me impediam de maltratá-lo. Durante algumas semanas, não ataquei nem o tratei com violência, mas gradualmente – muito gradualmente – cheguei a olhá-lo com aversão indizível e a fugir silenciosamente de sua presença odiosa, como se fosse o hálito de uma peste.

O que aumentou, sem dúvida, o meu ódio pelo animal foi a descoberta, na manhã seguinte à sua chegada em casa, que, como Plutão, ele também era caolho. Essa circunstância, porém, só agradou ainda mais minha esposa que, como já disse, possuía, em alto grau, aquele sentimento de humanidade que outrora fora meu traço distintivo e a fonte de muitos dos meus prazeres mais simples e puros.

Minha aversão a esse gato, no entanto, parecia aumentar no mesmo grau que seu carinho por mim. Seguia meus passos com uma persistência que seria difícil fazer o leitor compreender. Sempre que eu me sentava, ele se agachava embaixo da minha cadeira, ou subia em meus joelhos, me cobrindo com suas carícias repugnantes. Se eu me levantasse para caminhar, ficava entre os meus pés e assim quase me derrubava ou, enfiando suas longas e afiadas garras na minha roupa, subia, dessa maneira, até o meu peito. Nessas ocasiões, embora eu desejasse matá-lo com um golpe, era impedido de fazê-lo em parte pela lembrança do meu antigo crime, mas principalmente – deixe-me confessar de uma vez – pelo medo absoluto que sentia do animal.

Esse pavor não era exatamente um temor do mal físico e, no entanto, não conseguia definir de outra forma. Estou quase com vergonha de reconhecer – sim, mesmo nessa cela de criminoso, quase me envergonho de reconhecer – que o terror e o horror que o animal me inspirava tinham sido intensificados por uma das quimeras mais insensatas que seria possível conceber. Minha esposa tinha chamado minha atenção, mais de uma vez, para a forma da marca de pelos brancos, da qual já falei, e que constituía a única diferença visível entre o estranho animal e o que eu tinha matado. O leitor se lembrará de que essa mancha, embora grande, era originalmente bastante indefinida, mas, aos poucos – em um grau quase imperceptível e que por muito tempo minha razão lutou para rejeitar como fruto da imaginação –, foi assumindo, detalhadamente, um rigoroso contorno preciso. Era agora a representação de um objeto que estremeço só de citar – e por isso, acima de tudo, detestava, temia e teria me livrado daquele monstro *se tivesse tido coragem* – representava a imagem de uma hedionda FORCA! Uma coisa medonha, o triste e terrível motor do horror e do crime, da agonia e da morte!

E agora eu me sentia realmente mais miserável que todas as misérias humanas. E *um animal* – cujo semelhante eu tinha matado com desprezo –, *um animal* causava em *mim* – em mim, um homem moldado à imagem do Deus Supremo – tamanha e insuportável angústia! Ai! Nem de dia nem de noite conhecia mais a bênção do descanso! Durante o dia, a criatura não me deixava sozinho em nenhum momento e de noite despertava, de hora em hora, de sonhos de indescritível medo e encontrava o hálito quente da *coisa* em meu rosto e seu imenso peso – um pesadelo encarnado do qual não tinha forças para me livrar – deitado eternamente sobre meu *coração!*

Sob a pressão de tormentos como esses, a débil reminiscência do bem dentro de mim sucumbiu. Os pensamentos malignos eram meus únicos companheiros – os pensamentos mais sombrios e malignos. O mau-humor do meu temperamento habitual aumentou e passou a um ódio de todas as coisas e de toda a humanidade. E minha submissa e paciente esposa, coitada, era quem mais sofria com as explosões repentinas, frequentes e incontroláveis da fúria à qual agora eu me entregava cegamente.

Um dia ela me acompanhou, em alguma tarefa doméstica, ao porão do antigo prédio que nossa pobreza nos obrigava a habitar. O gato me seguiu pelas escadas íngremes e quase me derrubou, o que me deixou louco. Erguendo um machado e esquecendo, em minha ira, o pavor infantil que até então tinha me impedido de agir, desferi um golpe contra o animal que, naturalmente, teria sido instantaneamente fatal se o tivesse atingido como eu desejava. Mas esse golpe foi impedido pela mão da minha esposa. Impelido, por essa interferência, a uma raiva mais que demoníaca, soltei meu braço de suas mãos e enterrei o machado em sua cabeça. Ela caiu morta no lugar, sem um gemido.

Cometido este hediondo assassinato, entreguei-me imediatamente, e com toda a determinação, à tarefa de esconder o corpo. Sabia que não podia removê-lo da casa, de dia ou de noite, sem o risco de ser visto pelos vizinhos. Comecei a pensar em muitos planos. Por um momento pensei em cortar o cadáver em fragmentos minúsculos e destruí-los no fogo. Em outro, resolvi cavar uma tumba para elae no chão do porão. Outra vez, pensei em lançá-lo no poço no quintal ou embalá-lo em uma caixa, como se fosse uma mercadoria, com os arranjos habituais, e assim conseguir uma forma de tirá-lo da casa.

Finalmente, descobri o que considerei um expediente muito melhor do que qualquer um desses. Decidi emparedá-lo no porão, como diziam que os monges da Idade Média emparedavam suas vítimas.

Para um propósito como este, o porão podia ser bem adaptado. Havia muito espaço entre as paredes e, recentemente, elas tinham sido totalmente rebocadas com uma argamassa vagabunda, que a umidade da atmosfera impedira de endurecer. Além disso, em uma das paredes havia uma saliência, causada por uma falsa chaminé, ou lareira, que havia sido preenchida para se assemelhar ao vermelho do resto do porão. Não duvidei de que poderia deslocar facilmente os tijolos desse ponto, inserir o cadáver e deixar tudo como antes, para que nenhum olho pudesse detectar qualquer coisa suspeita. E nesse cálculo não me enganei. Usando um pé-de-cabra, desloquei facilmente os tijolos e, tendo cuidadosamente encostado o corpo na parede interna, deixei-o nessa posição, enquanto, com poucas dificuldades, recoloquei toda a estrutura como estava originalmente. Tendo adquirido argamassa e areia, com todas as precauções possíveis, preparei um reboco que não podia ser distinguido do antigo e, com isso, levantei cuidadosamente a nova parede. Quando terminei, fiquei satisfeito por estar tudo certo. A parede não apresentava a menor aparência de ter sido modificada. O lixo no chão foi recolhido com o maior cuidado. Olhei em volta, triunfante, e disse para mim mesmo: “Aqui, pelo menos, meu trabalho não foi em vão”.

Meu próximo passo foi procurar o animal que havia sido a causa de tanta desgraça; pois eu tinha, finalmente, decidido matá-lo. Se eu tivesse sido capaz de encontrá-lo, no momento, não poderia haver dúvida de seu destino, mas parecia que o animal astuto tinha ficado alarmado com a violência da minha raiva anterior e não quis se apresentar com meu estado de espírito atual. É impossível descrever, ou imaginar, a profunda sensação de alívio que a ausência da criatura detestada ocasionou em meu peito. Não apareceu durante a noite e assim, pela primeira vez desde que tinha entrado na casa, dormi profunda e tranquilamente. Sim, dormi mesmo com o peso do assassinato em minha alma!

O segundo e o terceiro dia passaram e a causa do meu tormento não tinha retornado. Voltei a respirar como um homem livre. O monstro, aterrorizado, havia fugido daquela casa para sempre! Nunca mais iria ver aquele animal! Minha felicidade era suprema! A culpa do meu ato sombrio me perturbou, mas pouco. Algumas poucas perguntas foram feitas, mas estas foram prontamente respondidas. Até uma busca na casa foi organizada, mas, claro, nada foi encontrado. Via minha felicidade futura como algo seguro.

No quarto dia após o assassinato, veio um grupo de policiais inesperadamente à casa e realizou novamente uma inspeção minuciosa. Seguro, no entanto, que o lugar onde havia ocultado o corpo era impenetrável, não senti nenhuma inquietude. Os oficiais me pediram para acompanhá-los na busca. Não deixaram nenhum recanto ou parte sem revisar. Finalmente, pela terceira ou quarta vez, desceram ao porão. Não estremeci nem um músculo. Meu coração batia calmamente como o daquele que repousa na inocência. Caminhei pelo porão de ponta a ponta. Cruzei os braços sobre o peito e andava tranquilo de um lado para o outro. A polícia estava completamente satisfeita e preparada para partir. A alegria em meu coração era forte demais para ser contida. Estava louco para dizer pelo menos uma palavra, como prova de triunfo, e para garantir ainda mais a minha inocência.

– Senhores – disse finalmente, enquanto o grupo subia os degraus – fico feliz em ter dissipado suas suspeitas. Desejo toda a saúde e apresento mais uma vez meus respeitos. A propósito, senhores, esta é uma casa muito bem construída. – No desejo incontrolável de dizer algo com naturalidade, mal sabia o que estava falando. – Posso dizer que é uma casa construída com grande *solidez*. Essas paredes – já estão indo, senhores? – essas paredes estão solidamente construídas – e aqui, em meio a um frenesi de bravatas, bati forte, com a bengala que segurava na minha mão, naquela mesma região atrás da qual estava o cadáver da minha esposa.

Mas que Deus me proteja e me livre das presas do demônio! Assim que a reverberação dos meus golpes mergulhou no silêncio, foi respondida por uma voz vinda de dentro do túmulo! Uma queixa, a princípio abafada e fraca, como o soluço de uma criança, que rapidamente se transformou em um longo grito alto e contínuo, totalmente anômalo e inumano – um uivo – um grito de lamento, meio de horror e meio de triunfo, que só poderia ter brotado do inferno, conjuntamente das gargantas dos condenados em sua agonia e dos demônios que exultam na desgraça.

É loucura falar dos meus próprios pensamentos. Desfalecendo, cambaleei para a parede oposta. Por um instante o grupo na escada permaneceu imóvel, resultado do terror e do espanto. Em seguida, uma dúzia de braços fortes atacaram a parede. Ela caiu rapidamente. O cadáver, já bastante deteriorado e manchado de sangue coagulado, apareceu de pé para os espectadores. Sobre sua cabeça, com a boca vermelha escancarada e o olho solitário de fogo, estava sentado o horrível animal que tinha me levado ao assassinato e cujo grito havia me denunciado ao carrasco. Eu tinha emparedado o monstro dentro do túmulo!

A QUEDA DA CASA DE USHER

Son coeur est un luth suspendu;
*Sitôt qu'on le touche il rèsonne.**
De Béranger

Durante todo o dia abafado, escuro e silencioso do outono, quando as nuvens pairavam opressivamente baixas no céu, cruzei sozinho, a cavalo, por uma região do campo singularmente lúgubre e finalmente me encontrei, à medida que caíam as sombras da noite, com a visão da melancólica Casa de Usher. Não sei como, mas, com o primeiro vislumbre da construção, uma sensação de tristeza insuportável invadiu

* Seu coração é um alaúde suspenso; Tão logo o tocamos ele ressoa. (N. do T.)

meu espírito. Chamo de insuportável, pois o sentimento não foi aliviado por nenhuma dessas sensações meio agradáveis, porque são poéticas, com as quais a mente normalmente recebe até mesmo as mais severas imagens naturais do que é desolado ou terrível. Olhava para a cena à minha frente – a casa e as características simples da paisagem do domínio, as paredes nuas, as janelas que pareciam olhos vazios, o pouco capim e alguns poucos troncos de árvores decompostas – com uma profunda depressão da alma, que não consigo comparar com nenhuma sensação terrena mais apropriadamente do que com os delírios do usuário de ópio: o amargo lapso na vida cotidiana, a horrível queda do véu. Havia uma frieza, um abatimento, um mal-estar do coração, uma irremediável tristeza mental que nenhum estímulo da imaginação poderia desviar e transformar em algo sublime. O que era – parei para pensar – o que me incomodava tanto na contemplação da Casa de Usher? Era um mistério insolúvel. Nem eu poderia lidar com as fantasias sombrias que se apinhavam em mim enquanto eu pensava naquilo. Fui forçado a recorrer à conclusão insatisfatória de que, embora, sem dúvida, *há* combinações de objetos naturais muito simples com o poder de nos afetar, a análise desse poder está entre considerações além do nosso alcance. Era possível, refleti, que um mero arranjo diferente das particularidades da cena, dos detalhes da imagem, fosse suficiente para anular ou, talvez, aniquilar sua capacidade de causar essa impressão triste e, agindo com base nessa ideia, puxei meu cavalo para a beirada íngreme de um lago negro e sinistro que reluzia placidamente nas proximidades da residência, e olhei – mas com um tremor ainda mais arrepiante do que antes – contemplei as imagens remodeladas e invertidas da vegetação cinzenta e dos troncos horripilantes das árvores e das janelas vazias que pareciam olhos.

Mesmo assim, nesta mansão melancólica, eu estava planejando ficar hospedado por algumas semanas. Seu proprietário,

Roderick Usher, tinha sido um dos meus melhores companheiros na infância, mas muitos anos tinham se passado desde o nosso último encontro. Uma carta, no entanto, havia chegado há pouco tempo para mim em uma parte distante do país – uma carta dele – que, em seu tom urgente, não admitia nenhuma outra resposta a não ser minha presença. A carta dava evidências de uma agitação nervosa. O remetente falava de uma aguda doença física, de um distúrbio mental que o oprimia e de um sincero desejo de me ver, como seu melhor e, na verdade, seu único amigo pessoal, com o objetivo de ter, pela alegria da minha presença, algum alívio de seu mal. Foi a maneira pela qual descreveu isso, e muito mais, um pedido feito aparentemente com todo o *coração* que não me deu espaço para hesitação. Portanto, obedeci imediatamente ao que ainda considerava uma intimação muito singular.

Embora, quando éramos meninos, tivéssemos desfrutado de alguma intimidade, ainda assim eu realmente conhecia pouco meu amigo. Sempre foi muito reservado. Eu estava ciente, entretanto, de que sua família muito antiga era conhecida, desde tempos imemoriais, por uma sensibilidade peculiar de temperamento, exibindo-se, por muito tempo, em muitas obras de arte elevadas, e manifestadas ultimamente em repetidas ações de caridade generosas, mas discretas, bem como de uma devoção apaixonada pelas complexidades, talvez até mais do que pelas belezas ortodoxas e facilmente reconhecíveis, da ciência musical. Também conhecia o fato notável de que a estirpe Usher, toda honrada pelo tempo como era, não havia criado, em nenhum período, qualquer ramo duradouro; em outras palavras, que toda a família se limitava à linha de descendência direta e sempre, com uma variação muito insignificante e temporária, tinha sido assim. Essa deficiência, pensei, enquanto revisava mentalmente a perfeita combinação das características da propriedade com o caráter atribuído seus habitantes, reflexionando sobre a possível influência que a primeira, ao longo de tantos séculos, poderia ter exercido sobre os segundos. Essa ausência, talvez, de um ramo colateral, e a consequente transmissão sem desvios, de pai para filho, do patrimônio junto com o nome foi que, com o tempo, identificou tanto os dois a ponto de fundirem o título original da propriedade com a pitoresca e equívoca denominação de "Casa de Usher", nome que parecia incluir, na mente dos camponeses que a usavam, tanto a família quanto a mansão.

Disse que o único efeito da minha experiência um tanto infantil – a de olhar através do lago – foi aprofundar a primeira impressão singular. Não pode haver dúvida de que a consciência do rápido aumento da minha superstição – por que não devo chamá-la assim? – servia apenas para aumentá-la ainda mais. Tal, eu sei há muito tempo, é a lei paradoxal de todos os sentimentos que têm o terror como base. E pode ter sido só por essa razão que, quando voltei a erguer os olhos para a casa, a partir de sua imagem no lago, crescia em minha mente uma estranha fantasia – uma fantasia tão ridícula que, na verdade, só a menciono para mostrar a força vívida das sensações que me oprimiam. Minha imaginação estava tão excitada a ponto de realmente acreditar que toda a mansão e o terreno ao redor estavam presos dentro de uma atmosfera peculiar própria, uma atmosfera que não tinha afinidade com o ar do céu, mas que subia das árvores murchas, das paredes cinzentas e do lago silencioso, um vapor pestilento e místico, opaco, pesado, pouco discernível, de cor de chumbo.

Sacudindo do meu espírito o que *deveria* ser um sonho, verifiquei mais de perto o aspecto real do edifício. Sua principal característica parecia ser a excessiva antiguidade. A descoloração do tempo era grande. Minúsculos fungos espalhavam-se por todo o exterior, pendurados em um emaranhado de redes nas beiradas. No entanto, não havia nenhuma dilapidação extraordinária. Nenhuma parte da alvenaria havia caído e parecia haver uma inconsistência estranha entre a perfeita adaptação das partes e a condição de desintegração das pedras individuais. Havia muita coisa que me lembrava a aparente integridade de velhos trabalhos de madeira que tinham apodrecido por longos anos em alguma cripta negligenciada, sem serem perturbados pelo ar exterior. Além dessa indicação de extensa decadência, no entanto, a estrutura dava pouco sinal de instabilidade. Talvez o olhar atento de um observador pudesse ter descoberto uma fissura quase imperceptível que, estendendo-se do telhado do prédio até a frente, descia pela parede em zigue-zague, até se perder nas águas sombrias do lago.

Percebendo essas coisas, cruzei uma pequena calçada até a casa. Um servo que me esperava pegou meu cavalo e cruzei a arcada gótica do salão. Um criado, de passo furtivo, conduziu-me, em silêncio, por muitas passagens escuras e intrincadas até o estúdio de seu mestre. Muito do que encontrei no caminho contribuía, não sei como, para acentuar os sentimentos vagos que já contei. Apesar de que os objetos à minha volta – as esculturas nos tetos, as tapeçarias sombrias nas paredes, a escuridão de ébano dos pisos e os troféus heráldicos fantasmagóricos que rangiam ao meu passo –, não passavam de coisas às quais eu estava acostumado desde a infância, embora não hesitasse em reconhecer como tudo aquilo era familiar, ainda me perguntava se não eram estranhas as fantasias que as imagens comuns estavam provocando em mim. Em uma das escadas, conheci o médico da família. Seu semblante, pensei, tinha uma expressão que era uma mistura de vil astúcia e perplexidade. Ele me cumprimentou com receio e continuou seu caminho. O criado agora abriu uma porta e me conduziu à presença de seu mestre.

A sala em que me encontrei era muito grande e alta. As janelas eram compridas, estreitas e pontiagudas, e tão afastadas do chão de carvalho negro que eram completamente inacessíveis por dentro. Brilhos fracos de luz avermelhada atravessavam os vidros gradeados e serviam para tornar bastante distintos os objetos mais proeminentes ao redor. O olho, no entanto, lutava em vão para alcançar os ângulos mais remotos do aposento, ou os recessos do teto abobadado e desgastado. Cortinas escuras pendiam das paredes. O mobiliário geral era profuso, desconfortável, antigo e esfarrapado. Muitos livros e instrumentos musicais estavam espalhados, mas não davam vitalidade à cena. Senti que respirava uma atmosfera de tristeza. Um ar de melancolia severa, profunda e irrepreensível pairava no ar e impregnava tudo.

À minha entrada, Usher levantou-se de um sofá no qual estivera deitado e me cumprimentou com uma calorosa vivacidade que tinha muito, pensei no começo, de cordialidade exagerada – do esforço obrigado do homem do mundo *ennuyé*.* Uma olhada, no entanto, para seu semblante, me convenceu de sua perfeita sinceridade. Nós nos sentamos e, por alguns momentos, enquanto não falou, eu o observei com um sentimento meio de pena e meio de espanto. Certamente, nenhum homem tinha mudado tão terrivelmente, em tão pouco tempo, quanto Roderick Usher! Foi com dificuldade que pude admitir a identidade do homem à minha frente como o companheiro de minha primeira infância. No entanto, o caráter de seu rosto sempre foi notável. Uma aparência cadavérica; os olhos grandes, claros e incomparavelmente luminosos. Lábios ligeiramente finos e muito pálidos, mas de uma curva extraordinariamente bela, um nariz de um delicado tipo hebraico, mas com uma largura de narina incomum em formações semelhantes. Um queixo finamente moldado, revelador, em sua falta de proeminência, de uma falta de energia moral, cabelos de maciez e tenacidade mais parecido a uma teia de aranha. Esses traços, com um desenvolvimento excessivo da região frontal, constituíam um semblante que não poderia ser facilmente esquecido. E agora, no mero exagero do caráter

---

* Entediado.

predominante desses traços e da sua expressão habitual, tinham mudado tanto que duvidei com quem estava falando. A agora horripilante palidez da pele e o milagroso brilho dos olhos, acima de tudo, me assustaram e até me assombraram. O cabelo sedoso também tinha crescido de forma desatenta, e como, em sua textura transparente desordenada, flutuava em vez de cair sobre o rosto, eu não conseguia, nem mesmo com esforço, conectar sua expressão desgrenhada com qualquer ideia de humanidade simples.

Nas maneiras do meu amigo, fui imediatamente surpreendido por uma incoerência, uma inconsistência, e logo descobri que isso surgia de uma série de esforços fracos e fúteis para superar um aturdimento habitual – uma agitação nervosa excessiva. Para algo dessa natureza, eu estava preparado, não tanto por sua carta, quanto pelas reminiscências de certos traços de menino e por conclusões deduzidas de sua peculiar conformação física e temperamento. Sua ação era alternadamente vivaz e sombria. Sua voz variava rapidamente de uma indecisão trêmula (quando os espíritos animais pareciam totalmente suspensos) a uma espécie de concisão energética – aquela enunciação abrupta, pesada, sem pressa e com o som oco aquela fala gutural pesada, equilibrada e perfeitamente modulada, que pode ser observada no bêbado perdido, ou no fumador irrecuperável de ópio, durante os períodos de sua mais intensa excitação.

Foi assim que ele falou sobre o objetivo da minha visita, de seu sincero desejo de me ver e do consolo que esperava que eu traria. Contou, um pouco mais, no que achava que era a natureza de sua doença. Era, disse ele, um mal de sua constituição e de família, e estava desesperado para encontrar um remédio – uma simples afecção nervosa, acrescentou imediatamente, que sem dúvida logo passaria. A doença se apresentava como uma série de sensações não naturais. Algumas, quando ele as detalhou, me interessaram e me desconcertaram, embora, talvez, os termos e a maneira geral da narrativa tivessem seu peso. Sofria muito com uma agudeza mórbida dos sentidos, só conseguia engolir a comida mais insípida, só podia usar roupas de certa textura, os perfumes de todas as flores eram opressivos, seus olhos eram torturados até mesmo por uma luz fraca e havia apenas sons peculiares, dos instrumentos de corda, que não o inspiravam horror.

Descobri que era um escravo preso a uma espécie estranha de terror. "Vou perecer", disse ele, "devo perecer nesta loucura deplorável. Desse modo e não de outro, vou conhecer minha ruína. Temo os eventos do futuro, não em si mesmos, mas em seus resultados. Estremeço ao pensar em qualquer incidente, mesmo o mais trivial, que possa influenciar essa intolerável agitação da alma. Não tenho, de fato, nenhuma aversão ao perigo, exceto em seu efeito absoluto: o terror. Nessa condição irritante – lastimável – sinto que mais cedo ou mais tarde chegará o momento em que terei que abandonar a vida e a razão ao mesmo tempo, em alguma luta com o terrível fantasma, o MEDO".

Fiquei conhecendo, além disso, em intervalos, e através de dicas quebradas e ambíguas, outra característica singular de sua condição mental. Estava acorrentado a certas impressões supersticiosas em relação à casa em que morava e por isso, por muitos anos, nunca se aventurou a sair. Influências cuja força hipotética descreveu em termos muito obscuros aqui para serem repetidos. Uma influência que algumas peculiaridades da simples forma e substância de sua mansão familiar tiveram, através de um longo sofrimento, ele disse, sobre seu espírito. Um efeito que a constituição das paredes e torreões cinzentos, e do lago escuro que refletia tudo isso, tinha, finalmente, trazido sobre a *morale* de sua existência.

Ele admitia, no entanto, embora com hesitação, que grande parte da melancolia peculiar que assim o afligia poderia ser atribuída a uma origem mais natural e muito mais palpável: à grave e prolongada doença, de fato à certeza de que a morte se aproximava, de uma irmã muito amada – sua única companhia por longos anos – seu último e único parente na Terra. – A morte dela – contou ele, com uma amargura que nunca esquecerei – iria deixá-lo (ele, o desesperançado e frágil) como o último representante da antiga estirpe dos Usher. Enquanto falava, *lady* Madeline (pois assim ela se chamava) passou devagar por uma parte remota do aposento e, sem ter notado minha presença, desapareceu. Eu a observei com um total assombro, não desprovido de pavor e ainda assim achei impossível explicar tais sentimentos. Uma sensação de estupor me oprimia, enquanto meus olhos seguiam seus passos quando se retirava. Quando uma porta, por fim, se fechou atrás dela, meu olhar procurou instintiva e ansiosamente o semblante do irmão, mas ele havia enterrado o rosto entre as mãos, e só pude perceber que em seus dedos esqueléticos, por onde escorriam lágrimas apaixonadas, havia uma palidez incomum.

A doença de *lady* Madeline há muito desconcertava a habilidade de seus médicos. Uma apatia estabelecida, um desgaste gradual da pessoa e afecções frequentes, embora transitórias, de um caráter parcialmente cataléptico, eram o diagnóstico incomum. Até então, ela aguentava a pressão de sua doença e não tinha chegado finalmente a ficar de cama, mas, no final da noite da minha chegada à casa, ela sucumbiu (como seu irmão me disse à noite com agitação inexprimível) ao poder debilitante da doença. E fiquei sabendo que o vislumbre que tive de sua pessoa provavelmente seria o último, que *lady* Madeline, pelo menos enquanto estivesse viva, não seria mais vista por mim.

Durante os vários dias seguintes, seu nome não foi mencionado nem por Usher nem por mim e durante esse período estive ocupado em esforços sinceros para aliviar a melancolia de meu amigo. Pintávamos e líamos juntos, ou eu escutava, como num sonho, as improvisações estranhas de seu violão. E assim, à medida que uma intimidade cada vez maior me permitia entrar sem reservas nos recônditos de seu espírito, mais amargamente percebia a inutilidade de toda tentativa de alegrar uma mente que as trevas, como se constituísse uma qualidade positiva inerente, dominava todos os objetos do universo moral e físico em uma radiação incessante de melancolia.

Sempre levarei comigo a lembrança das muitas horas solenes que passei sozinho com o mestre da Casa de Usher. No entanto, eu iria falhar em qualquer tentativa de transmitir uma ideia do caráter exato dos estudos, ou das ocupações, nas quais ele me envolvia, ou me guiava. Um idealismo excitado e altamente destemperado lançava um brilho sulfuroso sobre tudo. Suas longas canções fúnebres improvisadas soarão eternamente em meus ouvidos. Entre outras coisas, mantenho dolorosamente na memória uma certa perversão e amplificação singular do ar exaltado da última valsa de Von Weber. Das pinturas que brotavam de sua elaborada fantasia, e que ganhavam, a cada pincelada, uma obscuridade diante da qual eu estremecia, ainda mais porque estremecia sem saber o motivo – dessas pinturas (vívidas como as imagens que estão agora diante de mim), eu em vão tentaria induzir mais do que uma pequena porção compreendida dentro dos limites das meras palavras escritas. Pela simplicidade absoluta, pela nudez de seus desenhos, ele atraía e prendia a atenção. Se alguma vez um mortal pintou uma ideia, esse mortal foi Roderick Usher. Pelo menos para mim – nas circunstâncias que me rodeavam naquele momento – elas surgiam a partir das puras abstrações que o hipocondríaco planejava lançar sobre sua tela, uma intensidade intolerável de espanto, cuja sombra nunca tinha sentido nem na contemplação das fantasias, certamente brilhantes apesar de muito concretas, de Fuseli.

Uma das concepções fantasmagóricas do meu amigo, partilhando não tão rigidamente o espírito da abstração, pode ser descrita, embora com dificuldades, em palavras. Um pequeno quadro apresentava o interior de uma cripta ou túnel imensamente longo e retangular, com paredes baixas, lisas, brancas e sem interrupção ou adorno. Certos pontos acessórios do desenho serviram bem para transmitir a ideia de que essa escavação estava em uma profundidade muito abaixo da superfície da Terra. Não era possível observar nenhuma saída em qualquer parte de sua vasta extensão, e nenhuma tocha, ou outra fonte artificial de luz era discernível, no entanto, vários raios intensos se espalhavam e banhavam tudo em um esplendor fantasmagórico e incoerente.

Já falei dessa condição mórbida do nervo auditivo que tornava toda a música intolerável ao enfermo, com exceção de certos efeitos dos instrumentos de cordas. Foi, talvez, o estreito limite a que ele assim se confinou ao violão, que deu origem, em grande parte, ao caráter fantástico de suas obras. Mas a facilidade fervorosa de seus improvisos não podia ser explicada. Deveriam estar, e estavam, nas notas, bem como nas palavras de suas fantasias estranhas (pois ele não raramente se acompanhava de improvisações verbais rimadas), o resultado daquela intensa calma mental e concentração a que anteriormente aludi. Observável apenas em momentos particulares da mais alta excitação artificial. Eu me lembro facilmente das palavras de uma dessas rapsódias. Fiquei, talvez, mais impressionado quando ele a apresentou, porque, na base ou correnteza subterrânea mística do seu significado, imaginei que percebia, e pela primeira vez, uma plena consciência por parte de Usher, do vacilar de sua elevada razão sobre seu trono. Os versos, intitulados "O Palácio Assombrado", eram mais ou menos, se não forem precisos, assim:

I.
No mais verde dos nossos vales,
Onde bons anjos habitam,

Erguia-se um palácio
nobre e majestoso.
Domínio do rei Pensamento
Ali ele ficava!
Nunca um serafim bateu suas asas
Sobre uma construção tão justa.

II.
Bandeiras amarelas, gloriosas, douradas,
Em seu telhado tremulavam
(Tudo isso aconteceu no passado
Há muito tempo)
E todo o vento que brincava,
Naqueles doces dias,
Ao longo das muralhas
Um odor alado espalhava.

III.
Andarilhos naquele vale feliz
Através de duas janelas luminosas viam
Espíritos dançando
Ao ritmo bem afinado de um alaúde,
Em volta de um trono, onde sentado
(Porfirogênito!)
Envolto em uma glória merecida,
O soberano do reino era visto.

IV.
E brilhava com pérolas e rubis
A porta do palácio
Através da qual fluía um rio
Sempre cintilante,
Os Ecos cujo doce dever
Era apenas cantar

Em vozes de beleza suprema,
A sagacidade e sabedoria do rei.

V.
Mas criaturas malignas, vestidas de tristeza,
Assaltaram os domínios do monarca
(Ah, dor e luto, pois nunca mais
Amanhecerá sobre ele, desolado!)
E, ao redor do palácio, a glória
Que brilhava e florescia
É apenas uma história esquecida
De velhos tempos sepultados.

VI.
E os viajantes dentro daquele vale,
Pelas janelas com luz vermelha, veem
Vastas formas que se movem fantasticamente
Sob uma melodia dissonante
Enquanto, como um rápido rio medonho,
Através da porta pálida,
Uma multidão medonha que foge para sempre
E ri, mas o sorriso morreu.

Lembro-me bem que sugestões vindas dessa balada nos levavam a uma linha de pensamento na qual ficava manifesta uma opinião de Usher, que não menciono tanto por causa de sua novidade (pois outros homens* também pensaram isso), mas para explicar a obstinação com que a defendia. Essa opinião, em sua forma geral, era a da sensibilidade de todas as coisas inorgânicas. Mas, em sua fantasia perturbada, a ideia assumiu um caráter

---

* Watson, Dr. Percival, Spallanzani e especialmente o Bispo de Landaff. Ver "Ensaios Químicos", v. v.

mais ousado e ultrapassou, sob certas condições, o reino do inorgânico. Não tenho palavras para expressar toda a extensão ou o *abandono* sincero de sua persuasão. A crença, no entanto, estava conectada (como já sugeri) com as pedras cinzentas da casa de seus antepassados. As condições da sensibilidade tinham estado aqui, ele imaginou, satisfeitas no método de colocação dessas pedras – na ordem de seu arranjo, assim como na dos muitos *fungos* que se espalharam por elas, e das árvores murchas que estavam ao redor – acima de tudo, na longa e imperturbável persistência desse arranjo e em sua duplicação nas águas paradas do lago. Essa evidência – a evidência da sensibilidade – podia ser vista, ele disse (e começo aqui a contar o que ele dizia), na gradual, mas certa, condensação de uma atmosfera própria sobre as águas e as paredes. O resultado foi descoberto, ele acrescentou, naquela silenciosa, ainda que importuna e terrível influência que durante séculos moldou os destinos de sua família, e que fez *dele* o que eu agora estava vendo – o que ele era. Tais opiniões não precisam de comentários, e eu não farei nenhum.

Nossos livros – os livros que, durante anos, tinham formado uma porção nada pequena da existência intelectual do inválido – estavam, como se poderia supor, em estrita conformidade com esse caráter espectral. Nós nos debruçamos juntos sobre obras como Ververt et Chartreuse de Gresset, Belfagor de Maquiavel, o Céu e o Inferno de Swedenborg, a Viagem Subterrânea de Nicholas Klimm de Holberg, a Quiromancia de Robert Flud de Jean D'Indaginé e De la Chambre, a Jornada na Distância Azul de Tieck e a Cidade do Sol de Campanella. Um dos volumes favoritos era uma pequena edição in-oitavo do *Directorium Inquisitorium* do dominicano Eymeric de Gironne e havia passagens em Pomponius Mela sobre os antigos sátiros africanos e os egipãs, sobre os quais Usher ficava sonhando por horas. Seu principal deleite, no entanto, estava na leitura de um livro extremamente raro e curioso em formato gótico

– o manual de uma igreja esquecida – o *Vigiliae Mortuorum secundum Chorum Ecclesiae Maguntinae.*

Não podia deixar de pensar no estranho ritual desta obra e de sua provável influência sobre o hipocondríaco quando, uma noite, tendo-me informado abruptamente que *lady* Madeline não estava mais entre nós, ele declarou sua intenção de preservar seu cadáver por uma quinzena (antes de seu enterro final), em uma das numerosas criptas dentro das paredes principais do edifício. A razão mundana, no entanto, atribuída a esse procedimento singular, era algo que não me sentia à vontade para questionar. O irmão foi levado a essa resolução (assim ele me contou) pela consideração do caráter incomum da doença da falecida, de certas investigações indiscretas e ávidas por parte de seus médicos, e da situação remota e exposta do cemitério da família. Não negarei que, quando me lembrei do semblante sinistro da pessoa que encontrei na escadaria, no dia da minha chegada, não desejava me opor ao que considerava, na melhor das hipóteses, inofensivo e de nenhuma maneira uma precaução estranha.

A pedido de Usher, eu pessoalmente o auxiliei nos arranjos para o sepultamento temporário. Tendo colocado o corpo no caixão, só nós dois o levamos a seu descanso. A cripta em que o colocamos (e que estava fechada há tanto tempo que nossas tochas, meio sufocadas em sua atmosfera opressiva, davam poucas oportunidades de investigação) era pequena, úmida e inteiramente fechada para a entrada de luz. Encontrava-se a grande profundidade, exatamente embaixo da parte do edifício em que estava meu dormitório. Tinha sido usada, aparentemente, em remotos tempos feudais, para os piores propósitos de masmorra e, em dias posteriores, como um local de depósito de pólvora, ou alguma outra substância altamente inflamável, pois parte de seu piso, e todo o interior de um longo corredor através do qual entramos, estava cuidadosamente revestido de cobre. A porta, de ferro maciço, também tinha sido protegida de maneira semelhante. Seu imenso peso causava um som desagradável e agudo ao girar sobre suas dobradiças.

Tendo depositado nosso triste fardo sobre um cavalete dentro desse espaço de horror, retiramos parcialmente a tampa do caixão que estava desatarraxada e olhamos para o rosto da morta. Uma impressionante semelhança entre o irmão e a irmã chamou minha atenção, e Usher, adivinhando, talvez, meus pensamentos, murmurou algumas poucas palavras e fiquei sabendo que a falecida e ele eram gêmeos, e que simpatias de uma natureza pouco compreensível sempre tinham existido entre eles. Nossos olhares, no entanto, não descansaram por muito tempo sobre a morta – pois não podíamos olhar para ela sem assombro. A doença que tinha matado *lady* Madeline no auge da juventude deixara, como de costume em todos os males de caráter estritamente cataléptico, a caricatura de um leve rubor no peito e no rosto e aquele sorriso suspeito e persistente nos lábios que é tão terrível na morte. Recolocamos e parafusamos a tampa e, tendo fechado a porta de ferro, voltamos, com dificuldade, para os dormitórios pouco menos sombrios da parte superior da casa.

E agora, depois de alguns dias de tristeza amarga, era possível observar uma mudança nas características da desordem mental do meu amigo. Seus modos habituais tinham desaparecido. Suas ocupações comuns eram negligenciadas ou esquecidas. Ele vagava de um aposento a outro com passos apressados, desiguais e sem objetivo. A palidez de seu semblante assumira, se isso era possível, uma tonalidade ainda mais espectral e a luminosidade de seus olhos havia desaparecido por completo. Não se ouvia mais a rouquidão outrora ocasional de seu tom. Agora um gaguejar trêmulo, como se estivesse sentindo muito terror, caracterizava habitualmente sua fala. Houve momentos, na verdade, em que achei que sua mente incessantemente agitada estava lidando com algum segredo opressivo, e ele lutava para conseguir a coragem necessária para revelá-lo. Às vezes, era obrigado a atribuir tudo isso aos inexplicáveis caprichos da loucura, pois eu o observava olhando para o nada por longas horas, numa atitude de profunda atenção, como se estivesse ouvindo algum som imaginário. Não era de admirar que sua condição me aterrorizasse – que me contagiasse. Sentia que rastejava sobre mim, de forma lenta, mas certa, as estranhas influências de suas próprias superstições fantásticas e contagiosas.

Foi, sobretudo, ao me recolher à cama no final da noite do sétimo ou oitavo dia após termos colocado *lady* Madeline dentro da masmorra, que experimentei o pleno poder de tais sensações. O sono não chegou perto da minha cama – e as horas passavam lentamente. Lutei para afastar o nervosismo que tinha me dominado. Eu me esforçava para acreditar que muito, se não tudo que sentia, era devido à influência desconcertante da sombria mobília do quarto – das cortinas escuras e esfarrapadas que, forçadas ao movimento pelo sopro de uma tempestade crescente, deslocavam-se de um lado para o outro das paredes, e farfalhavam desagradavelmente ao redor das decorações da cama. Mas meus esforços foram infrutíferos. Um tremor irreprimível impregnou gradualmente meu corpo e, por fim, havia no meu coração um íncubo de alarme sem nenhuma causa. Tentando sacudir essa sensação com suspiros e lutas, ergui o corpo, me apoiei nos travesseiros e, olhando diretamente para a escuridão intensa do quarto, ouvi – não sei por que, exceto que um instinto me levou a isso – certos sons baixos e indefinidos que vinham, através das pausas da tempestade, em longos intervalos, não sabia de onde. Tomado por um sentimento intenso de horror, inexplicável e insuportável, vesti minhas roupas com pressa (pois sabia que não ia mais dormir essa noite) e me esforcei para sair da condição lastimável em que havia caído caminhando rapidamente de um lado para o outro dentro do quarto.

Tinha dado apenas algumas voltas dessa maneira quando uns passos leves em uma escada adjacente chamaram minha atenção. Tinha reconhecido que era Usher. Um instante depois, ele bateu suavemente na minha porta e entrou, carregando uma vela. Seu semblante era, como de hábito, cadavérico, mas, além disso, havia uma espécie de hilária loucura em seus olhos, uma histeria evidentemente contida em todo o seu comportamento. Seu jeito me assustava, mas qualquer coisa era preferível à solidão que tinha aguentado por tanto tempo, e até acolhia sua presença como um alívio.

– E você não viu? – ele perguntou abruptamente, depois de ter olhado ao redor por alguns momentos em silêncio. – Você ainda não viu? Pois espere! Vai ver. – Assim falando e tendo cuidadosamente protegido sua vela, correu para uma das janelas e a abriu deixando a tempestade entrar livremente.

A fúria impetuosa da rajada que entrou quase nos derrubou. Era, de fato, uma noite tempestuosa, mas severamente bela, e singular em seu terror e beleza. Um redemoinho aparentemente tinha ganhado força em nossa vizinhança pois havia frequentes e violentas alterações na direção do vento e a densidade excessiva das nuvens (que estavam tão baixas a ponto de tocar os torreões da casa) não impediam que percebêssemos a grande velocidade com a qual voavam de todos os pontos, uma contra a outra, sem se afastarem. Disse que mesmo a densidade extraordinária delas não impedia que percebêssemos isso, contudo não tínhamos nenhum vislumbre da lua ou das estrelas, nem havia relâmpagos. Mas as superfícies inferiores das imensas massas de vapor agitado, bem como todos os objetos terrestres imediatamente à nossa volta, estavam brilhando sob a luz sobrenatural de uma exalação gasosa levemente luminosa e nitidamente visível, que pairava sobre e envolvia a mansão.

– Você não deve, você não deve ver isso! – falei, estremecendo, para Usher, enquanto eu o conduzia, com uma suave violência, da janela para uma poltrona. – Esses espetáculos, que nos deixam perplexos, são apenas fenômenos elétricos pouco incomuns ou pode ser que tenham sua origem espectral no miasma do lago. Vamos fechar essa janela, o ar está frio e perigoso para sua saúde. Aqui está um dos seus romances favoritos. Vou ler, e você vai me ouvir, assim vamos passar esta noite terrível juntos.

O volume antigo que eu tinha pegado era o *Mad Trist* de *sir* Launcelot Canning. Eu o chamei de favorito do Usher mais como um gracejo triste do que sincero pois, na verdade, há pouco em sua prolixidade grosseira e sem imaginação que poderia ter interessado o idealismo elevado e espiritual de meu amigo. Era, no entanto, o único livro imediatamente à mão e me permiti uma vaga esperança de que a excitação que agora agitava o hipocondríaco pudesse encontrar alívio (pois a história da desordem mental está cheia de anomalias semelhantes), mesmo no exagero de insensatez do que ia ler. Poderia ter julgado, de fato, pelo ar exagerado de vivacidade com que ele ouvia, ou parecia ouvir, as palavras da história, poderia muito bem ter me parabenizado pelo sucesso da minha tentativa.

Eu havia chegado àquela parte bem conhecida da história em que Ethelred, o herói de Trist, tendo procurado em vão entrar de forma pacífica na morada do eremita, entra pela força. Aqui, todos lembrarão, as palavras da narrativa correm assim:

> E Ethelred, que era por natureza valente de coração, e que agora era muito poderoso por causa da potência do vinho que havia bebido, não esperou mais para negociar com o eremita que, na verdade, era obstinado e malicioso mas, sentindo a chuva em seus ombros e temendo o aumento da tempestade, ergueu sua maça sem rodeios e, com golpes, abriu rapidamente as tábuas da porta para

> que coubesse sua mão e agora, puxando com firmeza, rachou, quebrou e destruiu tudo em pedaços, tanto que o barulho da madeira seca e oca alarmou e reverberou por toda a floresta.

No término dessa frase levei um susto e, por um momento, parei, pois (embora eu tenha concluído que a minha fantasia excitada tinha me enganado) pareceu-me que, de alguma parte muito remota da mansão, tinha chegado, indistintamente, aos meus ouvidos, o que poderia ter sido, em uma natureza muito semelhante, o eco (com certeza, abafado e enfadonho) do som estridente e rasgado que *sir* Launcelot descrevera tão enfaticamente. Foi, sem dúvida, apenas a coincidência que chamou minha atenção pois, em meio ao barulho das janelas e os ruídos comuns misturados da tempestade ainda crescente, o som, por si só, não tinha nada, com certeza, que pudesse me interessar ou perturbar. Continuei com a história:

> Mas o bom herói Ethelred, agora entrando pela porta, ficou furioso e espantado ao não ver nenhum sinal do malévolo eremita. No seu lugar havia um dragão escamoso e prodigioso, com uma língua de fogo, sentado guardando um palácio de ouro, com um piso de prata e na parede havia um escudo de latão reluzente com essa legenda escrita:
>
> *Quem entrar aqui, um conquistador deverá ser.*
> *Quem matar o dragão, o escudo ganhará.*
>
> E Ethelred ergueu sua maça e golpeou a cabeça do dragão, que caiu diante dele, soltando seu bafo pestilento com um rugido tão horrendo, duro e penetrante que Ethelred teve que tampar os ouvidos com a mão por causa do barulho terrível, como nunca tinha ouvido antes.

Mais uma vez parei abruptamente, e agora com uma sensação de violento espanto – pois não poderia haver dúvida alguma de que, desta vez, eu realmente tinha ouvido (embora de que direção vinha era impossível dizer) um grito ou rangido baixo e aparentemente distante, mas áspero, prolongado e incomum. A contrapartida exata do que minha fantasia tinha atribuído ao grito sobrenatural do dragão, conforme descrito pelo romancista.

Oprimido, como eu certamente estava, com a ocorrência desta segunda e mais extraordinária coincidência, por mil sensações conflitantes, nas quais espanto e terror extremo eram predominantes, ainda mantive presença de espírito suficiente para evitar instigar, com qualquer observação, a sensibilidade nervosa do meu companheiro. Eu não tinha certeza se ele havia notado os sons em questão, embora, com certeza, uma estranha alteração tinha ocorrido durante os últimos minutos em seu comportamento. De uma posição em frente à minha, havia gradualmente girado sua cadeira para sentar-se com o rosto voltado para porta do quarto; e assim eu conseguia, apenas parcialmente, ver suas feições, embora percebesse que seus lábios tremiam como se estivesse murmurando algo inaudível. Sua cabeça tinha caído sobre o peito, mas eu sabia que ele não estava dormindo, já que seus olhos estavam bem abertos quando olhei de relance. O movimento de seu corpo também estava em desacordo com essa ideia pois ele ia de um lado para o outro com um balanço suave, porém constante e uniforme. Tendo rapidamente tomado conhecimento de tudo isso, retomei a narrativa de *sir* Launcelot, que assim prosseguia:

> E agora, o herói, tendo escapado da terrível fúria do dragão, lembrando-se do escudo de latão e da quebra do encantamento que estava sobre ele, tirou a carcaça do caminho à sua frente e aproximou-se corajosamente sobre o pavimento de prata do castelo até onde estava o escudo na parede que, no entanto, não esperou sua

chegada e caiu a seus pés no chão de prata, com um poderoso e terrível ruído.

Assim que essas palavras passaram pelos meus lábios, como se, no momento, um escudo de latão tivesse caído pesadamente sobre um piso de prata, percebi uma reverberação distinta, oca, metálica e estridente, mas aparentemente abafada. Muito nervoso, levantei-me de um salto, mas Usher continuou se balançando da mesma forma. Corri até a cadeira em que ele estava sentado. Seus olhos estavam fixos à sua frente e, em todo seu semblante, reinava uma rigidez de pedra. Mas, quando coloquei minha mão em seu ombro, todo seu corpo estremeceu e um sorriso doentio se formou em seus lábios. Vi que ele falava em um murmúrio baixo, apressado e ininteligível, como se estivesse inconsciente da minha presença. Curvando-me mais perto, finalmente compreendi o horrendo significado de suas palavras.

– Não está ouvindo? Sim, eu ouvi e *tenho* ouvido isso. Faz muito, muito tempo, muitos minutos, muitas horas, muitos dias estou ouvindo, mas não me atrevi. Ah, tenha pena de mim, miserável que sou! Não me atrevi, não me *atrevi a* falar! *Nós a colocamos viva no túmulo!* Não disse que meus sentidos eram apurados? *Agora* eu lhe digo que ouvi seus primeiros movimentos fracos no caixão cavernoso. Eu os ouvi há muitos, muitos dias, mas não ousei, *não me atrevi a falar!* E agora, esta noite, Ethelred, ha! ha! A destruição da porta do eremita, o grito de morte do dragão e o barulho do escudo! Na verdade o caixão sendo rasgado e a grade das dobradiças de ferro de sua prisão. Sua luta dentro do arco de cobre da cripta! Para onde devo fugir? Ela não estará aqui em breve? Não virá correndo para me censurar pela minha pressa? Não ouvi seus passos na escada? Não distingo aquela batida pesada e horrível de seu coração? Louco! – Aqui ele se levantou furiosamente e gritou essas palavras, como se no esforço tivesse entregado sua própria alma: – *Louco! Digo que ela agora está do outro lado da porta!*

Como se na energia sobre-humana de sua voz houvesse sido encontrada a potência de um feitiço, a enorme porta para a qual o orador apontava, começou lentamente a recuar, naquele mesmo instante, suas mandíbulas pesadas e de ébano. Foi obra da rajada de vento, mas do outro lado daquelas portas *estava* parada a figura sublime e amortalhada de *lady* Madeline de Usher. Havia sangue em suas roupas brancas e a evidência de uma amarga luta em cada parte de seu corpo descarnado. Por um momento, ela permaneceu tremendo e cambaleando de um lado para o outro, então, com um gemido baixo, caiu pesadamente sobre o corpo de seu irmão, e em sua violenta e agora final agonia mortal, levou-o ao chão já cadáver e vítima dos terrores que havia antecipado.

Daquele quarto e daquela mansão, fugi horrorizado. A tempestade ainda caía em toda a sua ira quando me vi atravessando a velha entrada. De repente, brilhou no caminho uma luz selvagem e me virei para ver de onde um brilho tão incomum poderia vir, pois atrás de mim só havia a vasta casa e suas sombras. O esplendor era da lua cheia, poente e avermelhada, que agora brilhava vividamente sobre aquela fissura antes imperceptível que havia citado antes, estendendo-se do telhado do prédio, em zigue-zague, até a base. Enquanto eu olhava, essa fissura rapidamente se alargou, veio o sopro feroz do redemoinho e todo o globo do satélite revelou-se diante dos meus olhos. Meu espírito vacilou quando vi as poderosas paredes caindo em pedaços. Houve um longo e tumultuoso grito, como a voz de mil águas, e o profundo e úmido lago a meus pés engoliu sombria e silenciosamente sobre os fragmentos da "*Casa de Usher*".

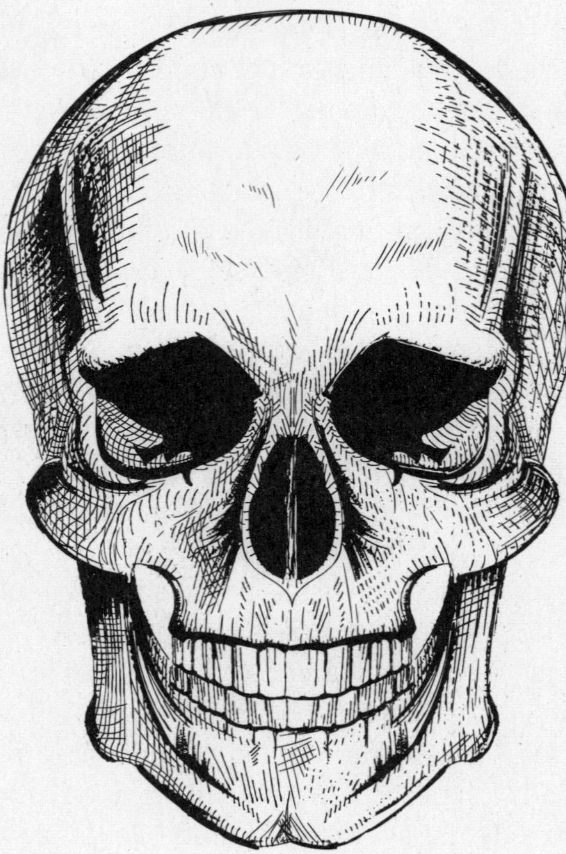

A MÁSCARA DA MORTE VERMELHA

A "Morte Vermelha" há muito tempo devastava o país. Nenhuma peste jamais fora tão fatal ou tão hedionda. O sangue era sua encarnação e seu selo: o vermelho e o horror do sangue. Havia dores agudas e súbita tontura e, em seguida, profusa hemorragia pelos poros, finalizando com a morte. As manchas escarlates no corpo e especialmente no rosto da vítima significavam a marca da praga e impediam toda ajuda e simpatia das outras pessoas. E toda a contaminação, progresso e término da doença duravam meia hora.

Mas o Príncipe Próspero era feliz, destemido e sagaz. Quando seus domínios estavam bastante despovoados, ele convocou à sua presença mil amigos sadios e irreverentes entre os cavaleiros e damas de sua corte, e com estes retiraram-se para a profunda reclusão de uma de suas abadias fortificadas. Era uma estrutura ampla e magnífica, criação do próprio gosto excêntrico e augusto do príncipe. Uma muralha forte e alta a cercava. Essa muralha tinha portões de ferro. Os cortesãos, tendo entrado, trouxeram forjas e martelos, e soldaram as trancas. Resolveram não deixar nenhuma forma de entrar nem sair aos repentinos impulsos de desespero ou do frenesi. A abadia tinha muitas provisões. Com tais precauções, os cortesãos poderiam desafiar o contágio. O mundo externo poderia cuidar de si mesmo. Enquanto isso, era tolice chorar ou pensar. O príncipe tinha providenciado tudo que era necessário para o prazer. Havia bufões, improvisadores, bailarinos, músicos; havia beleza e vinho. Dentro havia tudo isso e segurança. Do lado de fora estava a "Morte Vermelha".

Foi no final do quinto ou sexto mês de sua reclusão, e enquanto a peste se enfurecia cada vez mais no exterior, que o príncipe Próspero resolveu entreter seus mil amigos com um baile de máscaras da mais incomum magnificência.

Era uma cena voluptuosa, aquela festa mascarada. Mas primeiro deixe-me falar dos cômodos em que era realizada. Eram sete – uma suíte majestosa. Em muitos palácios, no entanto, essas suítes formam uma galeria longa e reta, pois as portas duplas deslizam quase até as paredes de cada lado, de modo que não haja impedimentos para visualizar toda a extensão. Aqui o caso era muito diferente, como poderia ser esperado do amor do príncipe pelo bizarro. Os aposentos estavam dispostos tão irregularmente que a visão envolvia pouco mais que um de cada vez. Havia uma curva acentuada a cada vinte ou trinta metros e, a cada curva, um novo efeito. À direita e à esquerda, no meio de cada parede, uma janela gótica alta e estreita dava para um corredor fechado que seguia a suíte sinuosa. Essas janelas eram de vitrais cuja cor variava de acordo com o tom predominante das decorações do aposento para o qual ela se abria. Se a da extremidade leste estava pintada, por exemplo, de azul, vividamente azuis eram suas janelas. O segundo quarto era roxo em seus ornamentos e tapeçarias, e aqui as vidraças eram roxas. O terceiro era totalmente verde, assim como os batentes das janelas. O quarto estava mobiliado e iluminado de laranja, o quinto de branco, o sexto de violeta. O sétimo aposento estava coberto com tapeçaria de veludo preto que pendia do teto e das paredes, caindo em dobras pesadas sobre um tapete do mesmo material e tonalidade. Mas, só neste aposento, a cor das janelas não combinavam com as decorações. Os vitrais aqui eram escarlates – uma cor de sangue profundo. Embora houvesse uma profusão de ornamentos dourados espalhados de um lado ao outro ou pendurados do teto, em nenhum dos sete aposentos havia nenhuma lâmpada ou candelabro. Não havia luz de nenhum tipo emanando das lâmpadas ou velas dentro do conjunto de aposentos. Mas nos corredores que atravessavam toda a suíte, havia, diante de cada janela, um pesado tripé, com um braseiro de fogo, que projetava seus raios através do vidro escurecido e iluminava com intensidade o aposento. E assim eram produzidas uma multidão de aparições berrantes e fantásticas. Mas no aposento ocidental ou negro, o efeito da luz do fogo que fluía sobre as cortinas escuras através das vidraças tingidas de sangue era extremamente medonho e produzia uma expressão tão selvagem sobre o semblante dos que entravam que havia poucos convidados que ousavam colocar os pés no recinto.

Também havia neste aposento, que estava contra a parede oeste, um gigantesco relógio de ébano. Seu pêndulo balançava de um lado para o outro com um som fraco, pesado e monótono, e quando o ponteiro do minuto completava seu circuito e a hora deveria ser atingida, vinha das entranhas do relógio um som claro, alto, profundo e extremamente musical, mas de uma nota tão peculiar e enfática que, a cada lapso de hora, os músicos da orquestra eram obrigados a fazer uma pausa, momentaneamente, em sua apresentação, para ouvir o som; e assim os que estavam dançando valsa eram forçados a parar suas evoluções. Havia um breve desconcerto de todo o alegre grupo e, enquanto os toques do relógio ressoavam, observava-se que os mais agitados ficavam pálidos, e os mais idosos e tranquilos passavam as mãos na testa, como se estivessem confusos ou meditando. Mas quando os ecos cessavam completamente, uma leve risada impregnava a reunião, os músicos se entreolhavam e sorriam como se estivessem nervosos e loucos, e faziam promessas em sussurros, um para o outro, que a próxima vez que o relógio tocasse não iria produzir neles nenhuma emoção semelhante. Mas então, após o lapso de sessenta minutos (que abrange três mil e seiscentos segundos do Tempo que voa), havia mais um toque do relógio, o mesmo desconcerto, tremor e meditação de antes.

Mas, apesar dessas coisas, era uma festa divertida e magnífica. Os gostos do príncipe eram peculiares. Ele tinha um bom olho para cores e efeitos. Desdenhava os caprichos da mera moda. Seus planos eram ousados e ardentes, e suas concepções tinham um bárbaro esplendor. Alguns pensariam que estava louco. Seus seguidores não concordavam. Era necessário ouvi-lo, vê-lo e tocá-lo para ter certeza de que não estava.

Ele tinha se ocupado pessoalmente, em grande parte, da decoração dos sete aposentos, por ocasião desta grande *fête* e foi seu próprio gosto orientador que tinha dado caráter aos mascarados. Tenha certeza que eram grotescos. Havia muito brilho e purpurina, e atrevimento e fantasmas – muito do que foi visto depois em "Hernani". Havia figuras arabescas com membros e móveis inadequados. Havia fantasias delirantes como as do louco. Havia muito do belo, muito do libertino, muito do bizarro, algo do terrível, e nem um pouco daquilo que poderia ter criado desgosto. Para lá e para cá nos sete aposentos havia, de fato, uma multidão de sonhos. E esses – os sonhos – se contorciam e assumiam o tom dos aposentos, fazendo com que a música selvagem da orquestra parecesse o eco de seus passos. E, pouco tempo depois, tocava o relógio de ébano que ficava no corredor do veludo. Então, por um momento, tudo fica parado e tudo fica em silêncio, exceto a voz do relógio. Os sonhos ficaram rigidamente congelados em seus lugares. Mas os ecos do relógio desaparecem – duraram apenas um instante – e uma risada leve, meio abafada flutua atrás deles quando vão desaparecendo. E agora, mais uma vez, a música ganha volume e os sonhos vivem, e se contorcem mais alegremente do que nunca, assumindo o tom das muitas janelas pintadas através das quais fluem os raios dos tripés. Mas no aposento que fica mais a oeste dos sete, nenhum dos mascarados se aventura a entrar; porque a noite está terminando e de lá flui uma luz mais vermelha pelas vidraças cor de sangue. A escuridão da zibelina amedronta e para quem pisa sobre o tapete escuro, o relógio de ébano próximo tem um repique abafado, mais solenemente enfático do que qualquer outro que atinja os ouvidos daqueles que se entregam aos prazeres nos outros aposentos mais distantes.

Mas esses outros aposentos estavam densamente lotados e neles pulsava febrilmente o coração da vida. E o festejo continuou rodopiante, até que finalmente começaram as doze badaladas da meia-noite no relógio. Então a música parou, como se alguém tivesse dado um comando, as evoluções dos valsistas foram aquietadas e tudo parou desconfortavelmente como antes. Mas agora o relógio devia bater doze vezes e por isso, talvez, os pensamentos do grupo de participantes da festa foram mais demorados e profundos. E assim, também, talvez tenha acontecido que, antes que os últimos ecos da última batida tivessem acabado totalmente, muitos indivíduos na multidão tiveram tempo para perceber a presença de uma figura mascarada que não tinha chamado atenção de ninguém antes. E o boato dessa nova presença se espalhava em sussurros ao redor, levantando ao longo de toda a festa um murmúrio expressivo primeiro de desaprovação e surpresa, finalmente, de terror, de horror e de nojo.

Em um conjunto de fantasmas como os que pintei, pode-se supor que nenhuma aparência comum poderia ter excitado essa sensação. Na verdade, a liberdade de máscaras da noite era quase ilimitada, mas a figura em questão tinha superado a de Herodes e ultrapassado os limites do próprio decoro indefinido do príncipe. Havia acordes nos corações dos mais imprudentes que não podem ser tocados sem causar emoção. Mesmo com os totalmente perdidos, para quem a vida e a morte são brincadeiras iguais, há questões que não devem ser tocadas. Toda a festa, de fato, parecia agora sentir profundamente que no traje e porte do estranho não existia nem humor, nem civilidade. A figura era alta e magra, e estava coberta da cabeça aos pés com as vestes da sepultura. A máscara que ocultava o rosto era tão parecida com o semblante de um cadáver endurecido que o escrutínio mais próximo deve ter tido dificuldade em detectar o engano. No entanto, tudo isso poderia ter sido suportado, até mesmo aprovado, pelos loucos foliões em volta. Mas o mascarado tinha ido longe demais ao se fantasiar de Morte Vermelha. Sua vestimenta estava coberta de sangue e sua testa larga, assim como todo o rosto, estava manchada pelo horror escarlate.

Quando os olhos do Príncipe Próspero caíram sobre esta imagem espectral (que, com um movimento lento e solene, como se quisesse sustentar mais plenamente o seu papel, andou de um lado para o outro entre os valsistas), era visto como se estivesse convulsionando, no primeiro momento com um forte tremor, de terror ou aversão, mas, no seguinte, sua testa estava vermelha de raiva.

– Quem ousa? – perguntou com voz rouca aos cortesãos que estavam perto dele. – Quem se atreve a insultar-nos com esta zombaria blasfema? Agarre-o e arranque sua máscara para que saibamos quem devemos pendurar, ao nascer do sol, das muralhas!

O Príncipe Próspero estava no aposento oriental ou azul quando pronunciou estas palavras. Elas ressoaram pelos sete quartos em voz alta e clara, pois o príncipe era um homem corajoso e robusto, e a música foi abafada com um movimento de sua mão.

No salão azul estava o príncipe, com um grupo de cortesãos pálidos ao seu lado. A princípio, enquanto ele falava, houve um leve movimento apressado desse grupo na direção do intruso que naquele momento também estava próximo, e agora, com passo deliberado e imponente, aproximava-se mais do locutor. Mas com um certo temor sem nome que a louca aparência do mascarado tinha inspirado em toda a festa, ninguém quis levantar uma mão para agarrá-lo de modo que, desimpedido, passou a um metro do príncipe e, enquanto todo o grupo, como se com um impulso, se encolhia do centro dos quartos para as paredes, ele seguiu seu caminho sem ser interrompido, mas com o mesmo passo solene e medido que o distinguia desde o começo, do aposento azul para o púrpura – do púrpura para o verde – do verde para o laranja – deste para o branco – e até mesmo para o violeta, antes que um movimento decidido tivesse sido feito para detê-lo. Foi então que o Príncipe Próspero, enlouquecido de raiva e vergonha de sua própria covardia momentânea, correu apressadamente pelos seis quartos, apesar de que ninguém o seguiu pois um terror mortal tinha se apoderado de todos. Ele ergueu uma adaga desembainhada e se aproximou, em rápida impetuosidade, a um metro da figura que caminhava, quando esta, tendo atingido a extremidade do aposento de veludo, virou-se subitamente e confrontou seu perseguidor. Houve um grito agudo e o punhal caiu brilhando sobre o carpete, e sobre este caiu instantaneamente morto o Príncipe Próspero. Então, juntando a coragem selvagem do desespero, uma multidão de foliões imediatamente correu para o aposento negro e, agarrando o mascarado, cuja figura alta tinha ficado ereta e imóvel à sombra do relógio de ébano, retrocedeu horrorizada ao descobrir que a roupa mortuária e a máscara de cadáver, que tinham puxado com uma grosseria violenta, não possuía nenhuma forma tangível.

E agora tinham reconhecido a presença da Morte Vermelha. Ela veio como um ladrão na noite. E um a um caíram os foliões nos corredores cheios de sangue de seu festejo e morreram na posição desesperada de sua queda. E a vida do relógio de ébano desapareceu com a do último dos convidados da festa. E as chamas dos tripés se apagaram. E Escuridão, Decadência e a Morte Vermelha mantiveram um domínio ilimitado sobre todos.

OS ASSASSINATOS NA RUA MORGUE

Que música as sereias cantaram, ou que nome Aquiles adotou quando se escondeu entre as mulheres, apesar de questões intrigantes, não estão além de qualquer conjetura.

Sir Thomas Browne

As características intelectuais que são classificadas como analíticas são, em si mesmas, pouco suscetíveis de análise. Nós as apreciamos apenas através de seus resultados. Sabemos, entre outras coisas, que são sempre uma fonte de deleite para quem as possui. Assim como o homem forte sente prazer em sua capacidade física, deliciando-se com esses exercícios que ativam seus músculos, também o analista encontra seu prazer nessa atividade moral que consiste em *resolver algo.*

Ele obtém prazer até mesmo das ocupações mais triviais, nas quais emprega seu talento. Gosta de enigmas, de charadas, de hieróglifos, exibe em suas soluções um grau de *perspicácia* que parece sobrenatural para o entendimento comum. Seus resultados, causados pela própria alma e essência do método, têm, na verdade, todo o ar da intuição.

A faculdade de resolução é possivelmente muito fortalecida pelo estudo da matemática, e, especialmente pelo ramo mais alto que, injustamente, e meramente por causa de suas operações retrógradas, foi chamado, *por excelência*, de análise. No entanto, calcular não é em si mesmo analisar. Um jogador de xadrez, por exemplo, faz um sem recorrer ao outro. Acontece que o jogo de xadrez, em seus efeitos sobre o caráter mental, é muito pouco entendido. Não estou escrevendo agora um tratado, mas simplesmente o prefácio de uma narrativa um tanto peculiar com observações aleatórias, vou, portanto, aproveitar a ocasião para afirmar que o máximo grau de reflexão é posto à prova pelo modesto jogo de damas de forma mais intensa e benéfica que por toda a elaborada frivolidade do xadrez. Neste último, onde as peças têm movimentos diferentes e *únicos*, com valores diversos e variáveis, o que é apenas complexo é equivocado (um erro não incomum) para o que é profundo. A atenção é aqui chamada a entrar em ação. Se for enfraquecida por um instante e uma desatenção for cometida, o resultado é uma perda ou derrota. Os movimentos possíveis, sendo não apenas variados mas intricados, multiplicam as chances de tais descuidos e em nove de dez casos é o jogador mais concentrado e não o mais inteligente que ganha. No jogo de damas, ao contrário, onde os movimentos são simples e têm pouca variação, as probabilidades de inadvertência são diminuídas e a mera atenção é comparativamente pouco usada, muitas vantagens são obtidas por cada um dos adversários de uma perspicácia superior. Para ser menos abstrato vamos supor um jogo de damas em que as peças sejam reduzidas a quatro damas e onde, é claro, não se deve esperar nenhuma desatenção. É óbvio que aqui a vitória pode ser decidida (sendo os jogadores iguais) apenas por algum movimento de *recherché*,* resultado de algum forte esforço do intelecto. Privado de recursos comuns, o analista se lança no espírito de seu oponente, identifica-se com ele, e não raramente vê assim, de relance, os únicos métodos (às vezes absurdamente simples) de levá-lo ao erro ou precipitar por um cálculo malfeito.

Uíste é conhecido por sua influência sobre o que se chama poder de cálculo e os homens da mais alta ordem de intelecto são conhecidos por terem um prazer aparentemente inexplicável ao jogá-lo, ao mesmo tempo em que evitam o xadrez como frívolo. Sem dúvida, não há nada de natureza semelhante que sobrecarregue tanto a faculdade da análise. O melhor jogador de xadrez da cristandade pode ser pouco mais que o melhor jogador de xadrez, mas a proficiência em uíste implica capacidade de sucesso em todos os empreendimentos mais importantes em que a mente luta contra a mente. Quando digo proficiência quero dizer aquela perfeição no jogo que inclui uma compreensão de *todas* as fontes de onde pode derivar uma vantagem. Não são apenas múltiplas, mas multiformes, e encontram-se frequentemente entre os recessos do pensamento, totalmente inacessíveis ao entendimento comum.

Observar atentamente é lembrar com clareza, e, até agora, o jogador de xadrez concentrado conseguirá ir bem no uíste enquanto as regras de Hoyle** (elas próprias baseadas no mero mecanismo do jogo) são suficientes e geralmente compreensíveis. Assim, ter uma boa memória e seguir as regras são pontos normalmente vistos como a soma total para um bom jogo. Mas é em questões além dos limites da mera regra que a habilidade

---

* Estranho, incomum.

** Referência a Edmond Hoyle, que escreveu diversos livros com regras de diversos jogos. [N.T.]

do analista fica evidente. Ele faz, em silêncio, uma série de observações e inferências. Da mesma forma, talvez, façam seus companheiros e a diferença na extensão da informação obtida reside não tanto na validade da inferência como na qualidade da observação.

O conhecimento necessário é *o que* observar. Nosso jogador não se limita em absoluto ao seu próprio jogo nem, apesar de que o jogo é o objetivo, rejeita deduções de elementos externos. Ele examina o semblante de seu parceiro, comparando-o cuidadosamente com o de cada um de seus oponentes. Considera o modo de classificar as cartas em cada mão, muitas vezes calculando os trunfos e figuras, pelos olhares dados pelos jogadores às suas próprias cartas. Observa cada variação de rosto à medida que o jogo progride, reunindo um fundo de pensamento a partir das diferenças na expressão da certeza, da surpresa, do triunfo ou do desgosto. Da maneira como recolhe uma vaza, ele julga se a pessoa que está pegando pode fazer outra em seguida. Reconhece o blefe pela maneira como a carta é colocada sobre a mesa. Uma palavra casual ou inadvertida, a queda acidental ou o giro de uma carta, com a ansiedade ou descuido que acompanham sua ocultação, a contagem das vazas, com a ordem de seu arranjo, constrangimento, hesitação, impaciência ou ansiedade – tudo indica, para sua percepção aparentemente intuitiva, indícios do verdadeiro estado das coisas. Depois das primeiras duas ou três rodadas, ele sabe perfeitamente o conteúdo de cada mão e, a partir de então, coloca suas cartas com a precisão absoluta de propósito, como se o resto do grupo tivesse mostrado suas cartas.

O poder analítico não deve ser confundido com grande engenhosidade porque, embora o analista seja necessariamente engenhoso, o homem engenhoso é com frequência notavelmente incapaz de analisar. O poder construtivo ou combinatório pelo qual a engenhosidade geralmente se manifesta e ao qual os frenologistas (erroneamente acredito) designaram um órgão separado, supondo ser uma faculdade primitiva, tem sido visto com frequência naqueles cujo intelecto está perto da idiotice, a ponto de ter atraído a observação dos moralistas. Entre a engenhosidade e a capacidade analítica, existe uma diferença muito maior, na verdade, do que entre a fantasia e a imaginação, mas de um caráter muito estritamente análogo. Verifica-se, de fato, que os engenhosos são sempre fantasiosos e os *verdadeiramente* imaginativos sempre são analíticos.

A narrativa que se segue representará para o leitor algo assim como um comentário sobre as proposições que acabaram de ser apresentadas.

Residindo em Paris durante a primavera e parte do verão de 18..., fiquei amigo do monsieur C. Auguste Dupin. Esse jovem cavalheiro era excelente, de fato, era de uma família ilustre, mas, por uma série de eventos adversos, havia sido reduzido a tal pobreza que a energia de seu caráter sucumbiu à desgraça, levando-o a se afastar do mundo, e não se preocupar com a recuperação de suas fortunas. Por cortesia de seus credores, ainda restava em seu poder uma pequena parte do patrimônio e, com a renda resultante disso, conseguia, por meio de uma economia rigorosa, suprir as necessidades da vida, sem se preocupar com supérfluos. Os livros, na verdade, eram seu único luxo e em Paris eles são facilmente obtidos.

Nosso primeiro encontro foi em uma obscura biblioteca na rua Montmartre, onde a casualidade de ambos estarmos em busca do mesmo volume muito raro e muito notável, serviu para nos aproximar. Nós nos encontramos várias vezes. Eu estava profundamente interessado na pequena história familiar que ele detalhou para mim com toda a franqueza que um francês se entrega sempre que o assunto é ele mesmo. Fiquei espantado também com a vasta extensão de sua leitura e, acima de tudo, senti minha alma se acender dentro de mim pelo fervor exaltado e a frescura vívida de sua imaginação. Buscando em Paris as coisas que então almejava, senti que a companhia de tal homem seria para mim um tesouro inestimável e confidenciei esse sentimento a ele. Chegamos finalmente ao arranjo de que deveríamos morar juntos durante minha estadia na cidade e como minha situação financeira eram bem menos complicada do que a dele, pude alugar e mobiliar em um estilo que combinava com a melancolia um pouco fantástica de nosso temperamento comum uma mansão abandonada e devorada pelo tempo, há muito deserta por causa de superstições que não nos interessaram, quase em ruínas, em uma parte retirada e desolada de Faubourg St. Germain.

Se a rotina de nossa vida nesse lugar fosse conhecida pelo mundo, deveríamos ser considerados loucos – embora, talvez, loucos de natureza inofensiva. Nosso isolamento era absoluto. Não recebíamos visitantes. De fato, a localização de nosso retiro tinha sido cuidadosamente mantida em segredo dos meus antigos amigos e há muitos anos Dupin deixara de conhecer ou ser conhecido em Paris. Vivíamos para nós mesmos.

Era uma aberração de meu amigo (como mais eu deveria chamar isso?) estar enamorado da noite e eu concordei com essa *bizarrerie*, como em todas as outras, entregando-me aos seus estranhos caprichos com um perfeito *abandono*. A divindade negra não estava sempre conosco, mas poderíamos falsificar sua presença. Nas primeiras luzes da manhã fechávamos as pesadas persianas da nossa velha casa, acendíamos algumas velas que, fortemente perfumadas, emitiam apenas raios mortiços e fracos. Com a ajuda delas, ocupávamos nossas almas em sonhos, lendo, escrevendo ou conversando, até sermos advertidos pelo relógio da chegada da verdadeira escuridão. Então saíamos pelas ruas de braços dados, continuando os tópicos do dia, ou perambulando por toda parte até muito tarde, procurando, entre as luzes e sombras selvagens da populosa cidade, aquela infinidade de excitação mental que a observação silenciosa pode proporcionar.

Nessas ocasiões, não pude deixar de observar e admirar (embora a rica idealidadede que ele era dotado a isso me conduzisse, como era de se esperar) uma habilidade analítica peculiar em Dupin. Ele também parecia sentir prazer em seu exercício – se não exatamente em sua exibição – e não hesitava em confessar o prazer que sentia com isso. Vangloriava-se comigo, com uma risada discreta, que a maioria dos homens, para ele, tinha janelas em seus peitos e estava acostumado a acompanhar tais afirmações com provas diretas e muito surpreendentes do conhecimento íntimo que tinha sobre mim. Suas maneiras nesses momentos eram frias e abstratas, seus olhos vagos de expressão enquanto sua voz, geralmente um rico tenor, se elevava a um som agudo que soaria petulante, se não fosse a mediação deliberada e precisa de suas palavras. Ao observá-lo nesses estados de ânimo, muitas vezes fiquei meditando sobre a antiga filosofia da Alma Dividida e me divertia com a fantasia de um duplo Dupin – o criador e o analista.

Não se pode supor, pelo que acabei de dizer, que estou detalhando qualquer mistério ou escrevendo algum romance. O que descrevi no francês era apenas o resultado de uma inteligência excitada ou talvez doentia. Mas do caráter de suas observações nos períodos em questão, um exemplo transmitirá melhor a ideia.

Estávamos passeando uma noite por uma rua comprida e suja nas proximidades do Palais Royal. Estando ambos, aparentemente, ocupados com nossos pensamentos, nenhum falou uma sílaba por quinze minutos, pelo menos. De repente Dupin pronunciou estas palavras:

– Ele é um sujeito muito pequeno, é verdade, e estaria melhor no *Théâtre des Variétés*.

– Não há dúvida disso – respondi inconscientemente, e não percebendo, a princípio (tanto eu estava absorto em minhas reflexões) a maneira extraordinária com que o interlocutor concordava com minhas meditações. Um instante depois, percebi e meu espanto foi profundo.

– Dupin – disse eu, gravemente – isso está além da minha compreensão. Não hesito em dizer que estou espantado e mal posso acreditar em meus sentidos. Como era possível que soubesse que eu estava pensando em...?

Fiz uma pausa aqui para averiguar, sem sombra de dúvida, se ele realmente sabia em quem eu estava pensando.

– Em Chantilly – disse ele. – Por que você fez uma pausa? Você estava pensando que a pequena estatura dele o incapacitava para a tragédia.

Era precisamente esse o assunto das minhas reflexões. Chantilly era um *quondam** sapateiro da rua St. Denis que, tendo ficado louco pelo palco, tinha tentado o *rôle* de Xerxes, na tragédia de Crébillon, e foi notoriamente ridicularizado.

– Diga-me, pelo amor de Deus – exclamei – o método, se é que existe um método, com o qual você foi capaz de sondar minha alma neste assunto. Na verdade, fiquei ainda mais surpreso do que estaria disposto a expressar.

– Foi o fruteiro – respondeu meu amigo – que o levou à conclusão de que o remendador de solas não tinha altura suficiente para Xerxes *et id genus omne*.**

– O fruteiro! Você me surpreende. Não conheço nenhum fruteiro, seja quem for.

– O homem que deu um encontrão com você quando entramos na rua, pode ter sido há quinze minutos.

Lembrei-me que, na verdade, um fruteiro, carregando sobre a cabeça uma grande cesta de maçãs, quase tinha me derrubado, por acidente, quando viramos da rua C para a via em que nos encontrávamos, mas o que isso tinha a ver com Chantilly eu não conseguia entender.

---

* Latim: significa ex; era um ex-sapateiro. [N.T.]

** Nem nada do gênero.

Não havia nenhuma partícula de *charlatanerie* em Dupin.

– Vou explicar – disse ele – e para que você possa compreender tudo claramente, primeiro vamos refazer o curso de suas meditações, desde o momento em que falei com você até o reencontro com o fruteiro em questão. Os elos maiores da corrente correm assim: Chantilly, Orion, Dr. Nichols, Epicuro, Estereotomia, o calçamento de pedras, o fruteiro.

Há poucas pessoas que, em algum período de suas vidas, não se divertiram ao refazer os passos pelos quais determinadas conclusões de suas próprias mentes foram alcançadas. A ocupação é muitas vezes cheia de interesse e aquele que tenta fazê-la pela primeira vez fica surpreso com a aparentemente ilimitada distância e incoerência entre o ponto de partida e o objetivo final. Qual, então, deve ter sido meu espanto quando ouvi o francês falar o que tinha acabado de dizer e quando não pude deixar de reconhecer que ele havia falado a verdade. Ele continuou:

– Estávamos falando de cavalos, se me lembro bem, antes de sair da rua C... Este foi o último assunto que discutimos. Ao cruzarmos para esta rua, um fruteiro, com uma grande cesta sobre a cabeça, passou rapidamente por nós, empurrou-o sobre uma pilha de pedras de pavimentação colocadas em um local onde a rua está sendo consertada. Você pisou em um dos fragmentos soltos, escorregou, estirou levemente o tornozelo, pareceu aborrecido ou mal-humorado, murmurou algumas palavras, virou-se para olhar a pilha e prosseguiu em silêncio. Eu não estava particularmente atento ao que você fazia, mas a observação tornou-se, ultimamente, uma espécie de necessidade para mim.

– Você manteve os olhos no chão, olhando com uma expressão suscetível para os buracos e sulcos na calçada (de modo que vi que você ainda estava pensando nas pedras) até chegarmos ao pequeno beco chamado Lamartine, que foi pavimentado, a título experimental, com os blocos sobrepostos e rebitados. Aqui seu semblante iluminou-se e, percebendo que seus lábios se moviam, não pude duvidar que murmurava a palavra "estereotomia", um termo muito pretensiosamente aplicado a essa espécie de pavimento. Eu sabia que você não poderia dizer a si mesmo "estereotomia" sem ser levado a pensar em átomos e, portanto, nas teorias de Epicuro e como, quando discutimos este assunto há não muito tempo, mencionei a você de que maneira curiosa, mas totalmente desconhecida, as suposições vagas daquele nobre grego encontraram confirmação na recente cosmogonia das nebulosas, senti que você não poderia evitar lançar os olhos para cima, para a grande nebulosa de Orion, e certamente esperava que fizesse isso. Você olhou para cima e agora eu estava certo de que tinha seguido corretamente seus passos. Mas naquele amargo ataque contra Chantilly, que apareceu no "*Musée*" de ontem, o escritor satírico, fazendo algumas alusões infames à mudança de nome do sapateiro ao calçar o coturno, citou um verso latino sobre o qual sempre conversamos. Estou falando da linha *Perdidit antiquum litera sonum.**

– Eu havia dito que era uma referência a Órion, antes escrito como Urion e, de certa agressividade relacionada com essa explicação, eu sabia que você não poderia ter esquecido. Ficou claro, portanto, que você não deixaria de combinar as duas ideias de Órion e Chantilly. Que as combinou, percebi pelo caráter do sorriso que passou por seus lábios. Você pensou na imolação do pobre sapateiro. Até esse momento estava andando curvado, mas então vi como se erguia. Estava seguro de que refletia sobre a figura diminuta de Chantilly. Nesse ponto, interrompi suas meditações para observar que como, na verdade, era um sujeito muito pequeno – aquele Chantilly – e estaria melhor no *Théâtre des Variétés*.

---

* A primeira letra perdeu o som antigo.

Não muito depois desse episódio, estávamos examinando uma edição vespertina da "Gazette des Tribunaux", quando os seguintes parágrafos chamaram nossa atenção.

ESTRANHOS ASSASSINATOS. Esta manhã, por volta das três horas, os moradores do Quartier St. Roch foram despertados do sono por uma sucessão de gritos tremendos, vindos, aparentemente, do quarto andar de uma casa na rua Morgue, onde moravam sozinhas madame L'Espanaye e sua filha mademoiselle Camille L'Espanaye. Depois de algum atraso, ocasionado por uma tentativa infrutífera de entrar na casa, a porta foi derrubada por um pé-de-cabra e oito ou dez vizinhos entraram acompanhados por dois *gendarmes*. A essa altura, os gritos tinham cessado, mas quando o grupo subiu o primeiro lance de escadas, duas ou mais vozes ásperas e furiosas foram percebidas e pareciam vir da parte superior da casa. Quando chegaram ao segundo andar, esses sons também cessaram e tudo ficou perfeitamente quieto. O grupo se dividiu e verificou cada aposento. Ao chegarem a um grande aposento traseiro no quarto andar (cuja porta estava trancada com a chave por dentro, por isso foi aberta à força), encontraram um espetáculo que causou comoção em todos presentes, deixando-os horrorizados e espantados.

O aposento estava na maior desordem – os móveis quebrados e jogados em todas as direções. Havia apenas uma cama sendo que o colchão tinha sido removido e jogado no meio do quarto. Em uma cadeira havia uma navalha manchada de sangue. Na lareira havia dois ou três tufos compridos e grossos de cabelos grisalhos, também cobertos de sangue, e pareciam ter sido arrancados pelas raízes. Sobre o chão foram encontradas quatro moedas de ouro, um brinco de topázio, três grandes colheres de prata, três menores de *métal d'Alger* e duas bolsas contendo quase quatro mil francos em ouro. As gavetas de uma cômoda, que ficava num canto, estavam abertas e tinham sido, aparentemente, remexidas, embora ainda houvesse muitas peças de roupa nelas. Um pequeno cofre de ferro foi encontrado debaixo da *cama* (não debaixo do colchão). Estava aberto, com a chave ainda na fechadura. Não tinha nada além de algumas cartas antigas e outros papéis de pouca importância.

De madame L'Espanaye nenhum vestígio foi visto aqui; mas uma quantidade incomum de fuligem tinha sido observada na lareira, uma busca foi feita na chaminé e (horrível de relatar!) o cadáver da filha, de cabeça para baixo, tinha sido arrastado para lá e enfiado para cima pela abertura estreita por uma distância considerável. O corpo ainda estava bem quente. Ao examiná-lo, muitas escoriações foram percebidas, sem dúvida ocasionadas pela violência com a que tinha sido empurrado e abandonado. No rosto havia muitos arranhões severos e, na garganta, contusões escuras e marcas profundas de unhas, como se a falecida tivesse sido estrangulada.

Depois de uma investigação minuciosa de todas as partes da casa, sem mais descobertas, o grupo entrou em um pequeno pátio pavimentado na parte de trás do edifício, onde estava o cadáver da velha senhora, com a garganta totalmente cortada de modo que, quando tentaram levantá-la, a cabeça se soltou do tronco. O corpo, assim como a cabeça, estava terrivelmente mutilado a ponto de dificilmente reter qualquer forma humana.

Para este horrível mistério ainda não há, acreditamos, nenhuma pista.

O jornal do dia seguinte tinha esses detalhes adicionais.

A tragédia na rua Morgue. Muitos indivíduos foram interrogados em relação a este caso extraordinário e assustador. (A palavra "caso" ainda não tem, na França, essa leveza de importância que nos transmite), "Mas nada conseguiu lançar luz sobre ele. Damos abaixo todo o testemunho material obtido.

Pauline Dubourg, lavadeira, declara que conhecia as duas mortas há três anos, tendo trabalhado para elas durante esse período. A velha senhora e sua filha pareciam se dar bem, eram muito carinhosas uma com a outra. Pagavam muito bem. Não podia falar nada em relação ao seu modo ou meio de vida. Acreditava que madame L. lia a sorte para viver. Diziam que tinha dinheiro guardado. Nunca tinha encontrado pessoas na casa quando vinha retirar ou entregar as roupas. Tinha certeza de que não tinham empregados. Não parecia haver mobília em nenhuma parte da casa, exceto no quarto andar.

Pierre Moreau, vendedor de tabaco, declara que costumava vender pequenas quantidades de fumo e rapé para madame L'Espanaye durante quase quatro anos. Nasceu no bairro e sempre morou lá. A falecida e sua filha ocupavam a casa em que os cadáveres foram encontrados há mais de seis anos. Anteriormente vivia um joalheiro, que alugava os quartos superiores para várias pessoas. A casa era propriedade de madame L. Tinha ficado insatisfeita com o uso indevido do imóvel por seu inquilino e foi ela mesma morar lá, recusando-se a alugar qualquer parte. A velha senhora dava sinais de senilidade. A testemunha tinha visto a filha umas cinco ou seis vezes durante os seis anos. As duas viviam uma vida extremamente reclusa, imaginava que tinham dinheiro. Tinha ouvido dizer entre os vizinhos que madame L. lia a sorte, mas não acreditava nisso. Nunca tinha visto ninguém entrar pela porta a não ser a velha e sua filha, um rapaz de recados uma ou duas vezes, e um médico umas oito ou dez vezes.

Muitos outros vizinhos testemunharam a mesma coisa. Ninguém foi mencionado como frequentador da casa. Não se sabia se havia algum parente vivo de madame L. e sua filha. As persianas das janelas da frente raramente eram abertas. As do fundo estavam sempre fechadas, com exceção do grande aposento dos fundos, no quarto andar. A casa era muito boa, não muito antiga.

Isidore Muset, *gendarme*, declara que foi chamado à casa por volta das três horas da manhã e encontrou cerca de vinte ou trinta pessoas no portão tentando entrar. Forçou a abertura, por fim, com uma baioneta, não com um pé de cabra. Teve pouca dificuldade para abrir, por ser um portão duplo ou dobrável, e não estava preso no chão nem no alto. Os gritos continuaram até que o portão foi aberto e então cessaram de repente. Pareciam ser gritos de alguma pessoa (ou pessoas) em grande agonia. Eram altos e prolongados, não curtos e rápidos. A testemunha chegou primeiro até as escadas. Ao chegar ao primeiro patamar, ouviu duas vozes altas e bravas: uma voz rouca, a outra muito estridente – uma voz muito estranha. Podia distinguir algumas palavras da primeira voz, que falava em francês. Foi positivo ao confirmar que não era a voz de uma mulher. Conseguiu distinguir as palavras "*sacré*" e "*diable*". A voz estridente era de um estrangeiro. Não podia ter certeza absoluta se era a voz de um homem ou de uma mulher. Não foi possível entender o que dizia, mas acreditava que o idioma fosse o espanhol. O estado do quarto e dos corpos foi descrito por essa testemunha da mesma forma que fizemos ontem.

Henri Duval, vizinho e comerciante de prata, declara que foi um dos primeiros a entrar na casa. Corrobora o testemunho de Muset em geral. Assim que forçaram a entrada, fecharam a porta, para impedir a multidão, que se juntou muito depressa, apesar do adiantado da hora. A voz estridente, acha esta testemunha, era a de um italiano. Tinha certeza que não era francês. Não podia ter certeza de que era a voz de um homem. Poderia ser a de uma mulher. Não está familiarizado com a língua italiana. Não foi possível distinguir as palavras, mas estava convencido pelo tom de que o falante era italiano. Conhecia madame L. e sua filha. Conversava com as duas com frequência. Tinha certeza de que a voz estridente não era de nenhuma das falecidas.

Odenheimer, restaurateur. Esta testemunha ofereceu voluntariamente seu testemunho. Não falando francês, foi interrogado através de um intérprete. É nativo de Amsterdã. Estava passando pela casa na hora dos gritos. Eles duraram vários minutos, provavelmente dez. Eram longos e altos, muito horríveis e angustiantes. Foi um dos que entrou no prédio. Corroborou as declarações anteriores em todos os aspectos menos um. Tinha certeza de que a voz estridente era de um homem, de um francês. Não foi possível distinguir as palavras pronunciadas. Eram fortes e rápidas – desiguais – aparentemente com medo e com raiva. A voz era áspera, não tanto aguda, mais áspera. Não poderia chamar de uma voz estridente. A voz rouca dizia repetidamente "*sacré*", "*diable*" e uma vez "*mon Dieu*".

Jules Mignaud, banqueiro da firma de Mignaud et Fils, rua Deloraine. É o Mignaud mais velho. Madame L'Espanaye tinha algumas propriedades. Tinha aberto uma conta em sua casa bancária na primavera do ano 18... (oito anos antes). Fazia depósitos frequentes de pequenas quantias. Nunca tinha retirado nada até três dias antes de sua morte, quando fez pessoalmente uma retirada da quantia de 4.000 francos. Essa quantia foi paga em ouro e um caixa levou o dinheiro até a casa.

Adolphe Le Bon, caixa de Mignaud et Fils, declara que no dia em questão, ao meio-dia, acompanhou madame L'Espanaye até sua residência com os 4.000 francos colocados em duas sacolas. Ao abrir a porta, mademoiselle L. apareceu e tirou das mãos uma das sacolas, enquanto a velha dama se encarregava da outra. Ele então se despediu e partiu. Não viu nenhuma pessoa na rua no momento. É uma rua lateral – muito solitária.

William Bird, alfaiate declara que estava no grupo que entrou na casa. É inglês. Vive em Paris há dois anos. Foi um dos primeiros a subir as escadas. Ouviu as vozes em disputa. A voz rouca era de um francês. Tinha entendido várias palavras, mas agora não conseguia se lembrar de todas. Ouviu distintamente "*sacré*" e "*mon Dieu*". Havia um som no momento, como se várias pessoas estivessem lutando, como se algo fosse arrastado. A voz estridente era muito alta – mais alta que a ríspida. Tem certeza de que não era a voz de um inglês. Parecia ser a de um alemão. Poderia ser a voz de uma mulher. Não entende alemão.

Quatro das testemunhas acima mencionadas, sendo perguntadas, declararam que a porta do quarto no qual foi encontrado o corpo de mademoiselle L. estava trancado por dentro quando o grupo chegou. Tudo estava em profundo silêncio, nenhum gemido ou ruído de qualquer tipo. Ao forçar a porta, ninguém foi visto. As janelas, tanto do quarto dos fundos como da frente, estavam fechadas e firmemente trancadas por dentro. Uma porta entre os dois quartos estava fechada, mas não trancada. A porta que comunicava o aposento da frente com o corredor estava trancada, com a chave do lado de dentro. Um quartinho na frente do quarto andar, no começo do corredor, estava com a porta entreaberta. Esse cômodo estava cheio de camas velhas, caixas e assim por diante. Estes tinham sido cuidadosamente removidos e revistados. Não havia uma

polegada de qualquer parte da casa que não tivesse sido cuidadosamente revisada. Varreduras foram feitas para cima e para baixo nas chaminés. A casa era de quatro andares, com sótão (*mansardes*). Um alçapão no teto estava muito bem pregado, não parecia ter sido aberto há anos. As testemunhas não concordam com o tempo decorrido entre a audição das vozes em disputa e a abertura da porta do quarto. Alguns falam que foram apenas três minutos, outras que foram cinco. A porta foi aberta com dificuldade.
Alfonzo Garcio, agente funerário, declarou que reside na rua Morgue. É nativo da Espanha. Foi um dos que entrou na casa. Não subiu as escadas. É nervoso e ficou apreensivo com as consequências da agitação. Ouviu as vozes em disputa. A voz rouca era de um francês. Não foi possível entender o que dizia. A voz estridente era de um inglês, tem certeza disso. Não entende o idioma inglês, mas julga pela entonação.
Alberto Montani, confeiteiro, declara que foi um dos primeiros a subir as escadas. Ouviu as vozes em questão. A voz rouca era de um francês. Distinguiu várias palavras. Parecia estar censurando a outra. Não conseguiu distinguir as palavras da voz aguda, que falava rápido e irregularmente. Acha que era a voz de um russo. Corrobora o testemunho geral. É italiano. Nunca conversou com um nativo da Rússia.
Várias testemunhas, recordou, afirmaram que as chaminés de todos os aposentos do quarto andar eram estreitas demais para permitir a passagem de um ser humano. Foram passados "limpa-chaminés", escovas cilíndricas geralmente usadas para isso. Essas escovas foram passadas para cima e para baixo em cada chaminé da casa. Não há passagem traseira pela qual alguém poderia ter descido enquanto o grupo subia as escadas. O corpo de mademoiselle L'Espanaye estava tão firmemente preso

na chaminé que só pôde ser baixado com a força unificada de quatro ou cinco membros do grupo.

Paul Dumas, médico, declara que foi chamado para ver os corpos ao amanhecer. Ambas estavam, então, deitadas no colchão no quarto onde mademoiselle L. tinha sido encontrada. O cadáver da jovem estava muito machucado e escoriado. O fato de ter sido enfiado na chaminé seria suficiente para explicar essas escoriações. A garganta estava muito machucada. Havia vários arranhões profundos logo abaixo do queixo, junto com uma série de manchas vívidas que evidentemente eram as marcas de dedos. O rosto estava terrivelmente descolorido e os olhos saíam das órbitas. A língua tinha sido parcialmente cortada. Um grande hematoma foi descoberto na boca do estômago, produzido, aparentemente, pela pressão de um joelho. Na opinião do doutor Dumas, mademoiselle L'Espanaye foi estrangulada até a morte por alguma pessoa ou pessoas desconhecidas. O cadáver da mãe estava terrivelmente mutilado. Todos os ossos da perna e do braço direitos estavam quebrados em maior ou menor grau. A tíbia esquerda estava muito estilhaçada, assim como todas as costelas do lado esquerdo. Todo o corpo estava terrivelmente machucado e descolorido. Não era possível dizer como as lesões foram infligidas. Um taco pesado de madeira ou uma larga barra de ferro – uma cadeira – qualquer arma grande, pesada e robusta teria produzido tais resultados, se empunhada pelas mãos de um homem muito forte. Nenhuma mulher poderia ter infligido os golpes com qualquer arma. A cabeça da falecida, quando vista pela testemunha, estava completamente separada do corpo e também estava quebrada. A garganta evidentemente fora cortada com um instrumento muito afiado, provavelmente com uma navalha.

Alexandre Etienne, cirurgião, foi chamado junto com o Dr. Dumas para ver os corpos. Corroborou o testemunho e as opiniões deste.

Nada mais importante foi obtido, apesar de várias outras pessoas terem sido interrogadas. Um assassinato tão misterioso e tão desconcertante em todos seus detalhes nunca tinha sido cometido antes em Paris – se é que um assassinato tinha sido realmente cometido. A polícia está totalmente perplexa, algo incomum em assuntos dessa natureza. Não há, no entanto, nenhuma pista.

A edição vespertina do jornal afirmava que ainda havia muita confusão no Quartier Saint Roch, que as premissas em questão tinham sido cuidadosamente checadas, e novos interrogatórios de testemunhas realizados, mas nada de novo havia aparecido. Um parágrafo final, no entanto, mencionava que Adolphe Le Bon tinha sido preso e encarcerado, embora nada parecesse acusá-lo, além dos fatos já detalhados.

Dupin parecia singularmente interessado no progresso desse caso, pelo menos foi o que julguei por seus modos, pois não fez comentários. Foi somente após o anúncio de que Le Bon havia sido preso, que ele pediu minha opinião sobre os assassinatos.

Eu só poderia concordar com toda Paris ao considerá-los um mistério insolúvel. Não vi meios pelos quais seria possível rastrear o assassino.

– Não devemos julgar os meios – disse Dupin – por esta investigação. A polícia parisiense, tão louvada por sua perspicácia, é esperta, mas não muito. Não há método em seus procedimentos, além do método do momento. Eles fazem um vasto desfile de medidas, mas não é pouco frequente que sejam tão mal'adaptados aos objetivos propostos, a ponto de nos lembrar do pedido de monsieur Jourdain por seu *robe-de-chambre* *pour mieux entendre la musique.** Os resultados alcançados por eles não são raramente surpreendentes, mas, na maior parte, são provocados por simples diligência e atividade. Quando essas qualidades são insuficientes, seus esquemas falham. Vidocq, por exemplo, era bom fazendo adivinhações e um homem perseverante. Mas sem uma mente treinada, errava muitas vezes pela própria intensidade de suas investigações. Prejudicou sua visão segurando o objeto muito perto. Conseguia ver, talvez, um ou dois pontos com uma nitidez incomum, mas ao fazer isso necessariamente perdia de vista o conjunto da questão como um todo. Assim, existe um problema em ser tão profundo. A verdade nem sempre está em um poço. Ao contrário, no que diz respeito ao conhecimento mais importante, acredito que ele é invariavelmente superficial. A profundidade está nos vales onde a procuramos, e não nos cumes das montanhas onde ela é encontrada. Os modos e fontes desse tipo de erro são bem exemplificados na contemplação dos corpos celestes. Olhar para uma estrela de relance, vê-la de lado, girar em direção a ela as porções exteriores da retina (mais suscetíveis a impressões fracas de luz do que o interior), é contemplar a estrela de forma diferente, é ter a melhor apreciação de seu brilho, um brilho que se torna embaçado na medida em que voltamos nossa visão completamente para ele. Um número maior de raios recai sobre o olho no último caso, mas, no primeiro, há a capacidade mais refinada de compreensão. Pela profundidade indevida, nos desconcertamos, confundimos e debilitamos o pensamento, e é possível fazer com que até Vênus desapareça do firmamento por um escrutínio muito sustentado, concentrado ou direto.

– Quanto a esses assassinatos, façamos alguns exames nós mesmos, antes de formarmos uma opinião a respeito deles. Uma investigação vai nos divertir – pensei que era um termo estranho, aplicado assim, mas não disse nada – e, além disso,

* Seu roupão para entender melhor a música.

Le Bon certa vez me prestou um serviço pelo qual sou grato a ele. Iremos e veremos as premissas com nossos próprios olhos. Eu conheço G..., o Chefe da Polícia e não terei dificuldade em obter a permissão necessária.

A permissão foi obtida e seguimos imediatamente para a rua Morgue. Esta é uma daquelas passagens miseráveis que se interpõem entre a rua Richelieu e a rua Saint Roch. Foi no final da tarde que chegamos lá pois este quarteirão está a uma grande distância de onde residimos. A casa foi facilmente encontrada pois ainda havia muitas pessoas olhando para as persianas fechadas do outro lado da rua. Era uma casa parisiense típica, com um portão, uma casinha envidraçada com uma porta deslizante, indicando um *loge de concièrge*. Antes de entrarmos, subimos a rua, entramos em um beco e depois, novamente, passamos pela parte de trás do prédio enquanto Dupin examinava toda a vizinhança, bem como a casa, com uma minúcia de atenção cujo objetivo não conseguia entender.

Refazendo nossos passos, voltamos para a frente da casa, tocamos a campainha e, depois de mostrar nossas credenciais, fomos admitidos pelos policiais responsáveis. Subimos as escadas, entramos no quarto onde o corpo de mademoiselle L'Espanaye tinha sido encontrado e onde ainda estavam as duas mortas. A desordem no quarto, como é natural, tinha sido respeitada. Não via nada além do que tinha sido dito na "Gazette des Tribunaux". Dupin examinou cada coisa, inclusive os corpos das vítimas. Em seguida, entramos nos outros aposentos e no pátio. Um *gendarme* nos acompanhou o tempo todo. O exame nos ocupou até o anoitecer, quando partimos. A caminho de casa, meu companheiro entrou por um momento no escritório de um dos jornais parisienses.

Disse que os caprichos do meu amigo eram múltiplos e que *je les ménageais** (pois não há tradução para essa frase). Ele

* Eu os tolerava.

agora se recusou a falar qualquer coisa sobre o assunto do assassinato até o meio-dia seguinte. Foi quando me perguntou, de repente, se eu tinha observado qualquer coisa *peculiar* na cena da atrocidade.

Havia algo em sua maneira de enfatizar a palavra "peculiar" que me fez estremecer, sem saber o motivo.

– Não, nada *peculiar* – falei. – Nada além, pelo menos, do que nós dois vimos no artigo.

– A *Gazette* – ele respondeu – não penetrou, infelizmente, no horror insólito da coisa. Mas descarte as opiniões preguiçosas desse jornal. Parece que esse mistério é considerado insolúvel, pela mesma razão que deveria levá-lo a ser considerado como fácil de solução, quero dizer, pelo caráter *outré* de suas características. A polícia está confusa pela aparente ausência de motivo – não pelo assassinato em si – e por sua atrocidade. Também estão intrigados pela aparente impossibilidade de conciliar as vozes ouvidas na disputa com os fatos de que ninguém foi descoberto escada acima, apenas a assassinada mademoiselle L'Espanaye, e que não havia meios de saída sem passar pelo grupo que estava subindo. A desordem total do quarto, o cadáver enfiado com a cabeça para baixo na chaminé, a terrível mutilação do corpo da velha senhora. Essas considerações com as que acabamos de mencionar e outras que não preciso mencionar foram suficientes para paralisar a ação dos investigadores policiais, mostrando completamente sua tão louvada falta de perspicácia. Cometeram o erro grosseiro, mas comum, de confundir o insólito com o obscuro. Mas é por esses desvios do plano do comum que a razão abre caminho, se é que o faz, em sua busca pela verdade. Em investigações como as que estamos agora buscando, não se deve perguntar tanto "o que ocorreu", mas "o que ocorreu que nunca tinha ocorrido antes". Em uma palavra, a facilidade com a qual chegarei, ou cheguei, à solução desse mistério, está na razão direta de sua aparente insolubilidade aos olhos da polícia.

Olhei para ele em mudo espanto.

– Estou aguardando agora – continuou, olhando para a porta do nosso apartamento. – Agora estou esperando uma pessoa que, embora talvez não seja o autor dessa carnificina, deve estar de alguma forma implicada em sua execução. É provável que seja inocente da pior parte dos crimes cometidos. Espero que esteja certo nesta suposição pois sobre isso construo minha esperança de desvendar o enigma inteiro. Espero o homem aqui, nesta sala, a qualquer momento. É verdade que ele pode não aparecer, mas a probabilidade é que virá. Se vier, será necessário detê-lo. Aqui estão as pistolas e ambos sabemos como usá-las quando a ocasião exigir.

Peguei as pistolas, mal sabendo o que estava fazendo ou se acreditava no que ouvia, enquanto Dupin continuava, como se fizesse um monólogo. Já falei de sua maneira abstraída nesses momentos. Seu discurso era dirigido para mim; mas sua voz, embora não estivesse alta, tinha aquela entonação comumente usada para falar com alguém a grande distância. Seus olhos, vazios de expressão, olhavam apenas para a parede.

– Que as vozes ouvidas brigando – disse ele – pelo grupo nas escadas não eram as vozes das próprias mulheres foi totalmente comprovado pelas evidências. Isso elimina todas as dúvidas sobre a questão de saber se a velha senhora poderia ter primeiro matado a filha e depois cometido suicídio. Falo dessa possibilidade apenas como uma questão de método, a força de madame L'Espanaye teria sido totalmente insuficiente para cumprir a tarefa de empurrar o cadáver de sua filha pela chaminé como foi encontrado e a natureza das feridas em sua própria pessoa exclui inteiramente a ideia de suicídio. O assassinato, então, foi cometido por algum terceiro e as vozes deste terceiro foram aquelas ouvidas na discussão. Deixe-me chamar sua atenção agora – não para o testemunho completo a respeito daquelas vozes –, mas ao que era *peculiar* nesses depoimentos. Você observou alguma coisa peculiar neles?

Comentei que, enquanto todas as testemunhas concordavam que a voz rude era a de um francês, havia muita discordância em relação à estridente ou, como um indivíduo chamou, a voz áspera.

– Esse é o testemunho em si – disse Dupin –, mas não a peculiaridade dos depoimentos. Você não observou nada diferente. No entanto, *havia* algo a ser observado. As testemunhas, conforme você observou, concordaram sobre a voz rouca, foram unânimes. Mas no que diz respeito à voz estridente, a peculiaridade não é que eles tivessem discordado, mas que, quando um italiano, um inglês, um espanhol, um holandês e um francês tentaram descrevê-la, cada um se referiu à voz *de um estrangeiro*. Cada um tem certeza que não era a voz de alguém de seu próprio país. Cada um a compara, não à voz de um indivíduo de qualquer nação cuja língua ele conhece, mas ao contrário. O francês supõe que seja a voz de um espanhol e "poderia ter distinguido algumas palavras se *tivesse conhecimento de espanhol*". O holandês afirma que era um francês, mas sabemos que *"não entendendo francês esta testemunha foi questionada através de um intérprete"*. O inglês achou que era a voz de um alemão e *"não entende alemão"*. O espanhol "tem certeza" que era um inglês, mas "julga pelo tom", *pois não tem conhecimento de inglês*. O italiano acredita que a voz era de um russo, mas *"nunca conversou com um nativo da Rússia"*. Um segundo francês difere, além disso, do primeiro, e é positivo de que a voz é de um italiano, mas, *não sendo conhecedor dessa língua*, foi, como o espanhol, "convencido pelo tom". Agora, aquela voz deve ter sido muito estranha, para chegar a produzir depoimentos *como esses*! Uma voz cujos *tons*, até mesmo os moradores de cinco grandes divisões da Europa não conseguiram reconhecer nada familiar! Você dirá que pode ter sido a voz de um asiático ou de um africano. Nem asiáticos nem africanos são abundantes em Paris, mas, sem negar essa possibilidade, vou apenas chamar sua atenção para três pontos. A voz é descrita por uma testemunha como "não tão estridente". É apresentada por outras duas como "rápida e *desigual*". Nenhuma palavra, nenhum som que se assemelhe a palavras, foi por qualquer testemunha mencionada como reconhecível.

– Eu não sei – continuou Dupin – que impressão posso ter causado, até agora, em seu entendimento, mas não hesito em dizer que deduções legítimas mesmo dessa parte do testemunho – a parte que respeita as vozes ásperas e agudas – são em si mesmas suficientes para gerar uma suspeita que deveria orientar todos os progressos posteriores na investigação do mistério. Eu disse "deduções legítimas", mas isso não expressa totalmente o sentido que quero dar. Planejei implicar que as deduções são as *únicas* apropriadas e que a suspeita surge *inevitavelmente* delas como o único resultado possível. Qual é a suspeita, no entanto, não vou dizer ainda. Eu apenas desejo que você tenha em mente que, para mim, foi suficientemente forte para dar uma forma definida – uma certa tendência – às minhas investigações no aposento.

– Vamos nos transportar agora, em fantasia, para aquele aposento. O que devemos primeiro procurar aqui? Os meios de saída empregados pelos assassinos. Não é demais dizer que nenhum de nós acredita em eventos sobrenaturais. Madame e mademoiselle L'Espanaye não foram assassinadas por espíritos. Os autores do ato foram materiais e escaparam materialmente. Então como? Felizmente, há apenas um modo de raciocinar sobre o ponto, e esse modo *deve* nos levar a uma conclusão definitiva. Vamos examinar, um por um, os possíveis meios de fuga. É claro que os assassinos estavam no quarto onde mademoiselle L'Espanaye foi encontrada, ou pelo menos no quarto ao lado, quando o grupo subiu as escadas. É só nesses dois aposentos que precisamos procurar saídas. A polícia verificou todo o chão, os tetos e a alvenaria das paredes, em todas as direções. Nenhum esconderijo poderia ter escapado de sua vigilância. Mas, não confiando nos olhos *deles*, examinei com meus próprios. Não havia, então, nenhum esconderijo. As duas portas que levavam dos quartos para o corredor estavam trancadas, com a chave do lado de dentro. Vamos nos voltar para as chaminés. Essas, embora de largura comum, até uns 2,5 ou 3 metros acima da lareira, não admitem, em toda a sua extensão, o corpo de um grande felino. Como a impossibilidade de saída, por meios já declarados, é assim absoluta, devemos voltar às janelas. Através da sala da frente, ninguém poderia ter escapado sem que a multidão na rua tivesse visto. Os assassinos *devem* ter passado, então, pelo quarto dos fundos. Agora, chegando a esta conclusão de uma maneira tão inequívoca como estamos, não devemos, como pensadores, rejeitá-la por causa das aparentes impossibilidades. Só nos resta provar que essas aparentes "impossibilidades", na realidade, não são reais.

– Há duas janelas no aposento. Uma delas está desobstruída de mobília e totalmente visível. A parte inferior da outra está escondida da vista pela cabeceira da cama pesada que está encostada nela. A primeira foi encontrada firmemente fechada por dentro. Resistiu aos violentos esforços daqueles que tentaram levantá-la. Um grande buraco tinha sido perfurado em sua estrutura à esquerda, e um prego muito grosso estava encaixado nele, quase até a cabeça. Ao examinar a outra janela, um prego semelhante foi visto encaixado e uma tentativa vigorosa de levantá-la também falhou. A polícia se sentiu totalmente satisfeita de que a fuga não tinha sido por essa direção. E, portanto, era totalmente desnecessário tirar os pregos e abrir as janelas.

– Meu exame foi um pouco mais detalhado, e foi assim pela razão que acabo de dar: porque eu sabia que era preciso provar que havia um equívoco nas aparentes impossibilidades.

– Comecei a pensar assim, *a posteriori*. Os assassinos escaparam por uma dessas janelas. Sendo assim, eles não poderiam ter fechado as janelas por dentro, pois elas foram encontradas fechadas – a consideração que interrompeu, por causa da sua obviedade, a busca da polícia nesse terreno. No entanto, as janelas *foram* fechadas. Elas *deveriam*, então, ter o poder de se trancarem sozinhas. Não havia escapatória dessa conclusão. Eu me aproximei da janela desobstruída, retirei o prego com alguma dificuldade e tentei levantar a janela. Ela resistiu a todos meus esforços, como eu havia previsto. Havia uma mola oculta, compreendi então, e essa corroboração da minha ideia me convenceu de que minhas premissas, pelo menos, estavam corretas, por mais misteriosas que ainda parecessem as circunstâncias dos pregos. Uma busca cuidadosa logo trouxe à luz a mola oculta. Eu a apertei e, satisfeito com a descoberta, abstive-me de erguer a janela.

– Agora voltei a colocar o prego no lugar e observei atentamente. Uma pessoa que passasse por essa janela poderia tê-la fechado e a mola teria funcionado, mas o prego não poderia ter sido recolocado. A conclusão era simples e novamente estreitava o campo das minhas investigações. Os assassinos devem ter escapado pela outra janela. Supondo, então, que as molas de cada janela fossem iguais, como era provável, deveria existir uma diferença entre os pregos, ou pelo menos entre as maneiras que estavam fixos. Subindo na cama, olhei sobre a cabeceira minuciosamente para a segunda janela. Passei a mão pela parte posterior, descobri prontamente e pressionei a mola que, como imaginei, era idêntica à outra. Agora olhei para o prego. Era tão sólido quanto o outro, e aparentemente se encaixava da mesma maneira, enfiado quase até a cabeça.

– Você dirá que fiquei intrigado, mas, se pensar assim, deve ter entendido mal a natureza das deduções. Para usar uma frase esportiva: eu não tinha cometido "uma falta". O rastro nunca se perdera nem por um instante. Não houve falha em nenhum elo da corrente. Eu tinha seguido o segredo até o resultado final e esse resultado era o prego. Já falei que tinha, em todos os aspectos, a mesma aparência de seu vizinho na outra janela, mas esse fato era uma absoluta nulidade (por mais conclusiva que parecesse ser) quando comparada com a consideração de que aqui, neste ponto, terminava o novelo. "Deve ter algo errado com o prego", pensei. Eu o toquei e a cabeça, com cerca de seis milímetros da haste, saiu em meus dedos. O resto dele tinha ficado no orifício onde havia sido quebrado. A fratura era antiga (pois suas bordas estavam enferrujadas) e aparentemente foi realizada com o golpe de um martelo, que tinha embutido parcialmente, no topo da janela inferior, a cabeça do prego. Agora, com cuidado, recoloquei essa parte da cabeça no buraco de onde tinha tirado, e a semelhança com um prego perfeito era completa – a fissura era invisível. Pressionando a mola, gentilmente levantei a janela por alguns centímetros; a cabeça subiu com ela, permanecendo firme em seu marco. Fechei a janela e a aparência do prego inteiro era novamente perfeita.

– O enigma, neste ponto, estava resolvido. O assassino tinha escapado pela janela acima da cama. Fechando-se sozinha depois da fuga (ou fechada propositalmente), ficou presa pela mola e foi a resistência desta mola que confundiu a polícia por causa do prego. Então foi considerado desnecessário continuar investigando.

– A próxima pergunta é como foi a descida. Até esse ponto, tinha ficado satisfeito na caminhada que fizemos ao redor do prédio. Acerca de um metro e meio do batente em questão, corre um cano do para-raios. Desse cano teria sido impossível alcançar a janela, muito menos entrar por ela. Observei, no entanto, que as venezianas do quarto andar eram de um tipo peculiar chamado pelos carpinteiros parisienses de *ferrades* – um tipo raramente empregado hoje em dia, mas frequentemente visto em casas muito antigas em Lyon e Bordeaux. São formadas por uma porta comum (uma única folha, não de batente duplo), exceto que a metade inferior é feita com treliças proporcionando assim um excelente suporte para as mãos. No presente caso, essas persianas têm um metro de largura. Quando as vimos na parte de trás da casa, ambas estavam meio abertas, isto é, estavam em um ângulo reto em relação à parede. É provável que a polícia, assim como eu, tenha examinado a parte de trás do prédio, mas, se assim for, ao olhar para essas *ferrades* na linha de sua largura (como devem ter feito), não perceberam essa grande envergadura, ou, em todos os casos, não deram a devida atenção. De fato, tendo uma vez se convencido de que não poderiam ter saído por este quarteirão, naturalmente fizeram aqui um exame muito superficial. Ficou claro para mim, no entanto, que se a persiana correspondente à janela na cabeceira da cama, se abrisse totalmente para a parede, estaria a meio metro do cano do para-raios. Também era evidente que, pelo esforço de um grau muito incomum de atividade e coragem, uma entrada pela janela, a partir do cano do para-raios, poderia ser realizada. Alcançando a distância de setenta centímetros (agora vamos imaginar a persiana aberta em toda sua extensão), um ladrão poderia ter se segurado firmemente na treliça. Soltando-se do para-raios, colocando os pés firmemente contra a parede e saltando corajosamente, ele poderia ter balançado a persiana até fechá-la e, se imaginarmos a janela aberta na hora, poderia até mesmo ter entrado no quarto.

– Espero que se lembre de que falei de um grau *muito incomum* de vigor como requisito para o sucesso em uma proeza tão perigosa e tão difícil. Quero mostrar, primeiro, que a coisa pode ter sido realizada, mas, em segundo lugar e *principalmente*, desejo deixar marcada em sua compreensão o *extraordinário,* o caráter quase sobrenatural da agilidade de quem poderia tê-lo realizado.

– Você dirá, sem dúvida, usando termos judiciais, que "para provar meu caso", eu deveria subestimar, em vez de insistir em uma estimativa completa da atividade requerida nesta questão. Esta pode ser a prática na lei, mas não é o uso da razão. Meu objetivo final é apenas a verdade. Meu propósito imediato é levá-lo a colocar em justaposição essa rapidez *muito incomum* que acabei de falar com aquela voz estridente (ou dissonante) *desigual* e *muito peculiar*, sobre cuja nacionalidade não se encontraram duas pessoas que concordassem e em cujo enunciado nenhuma palavra pôde ser detectada.

Ao ouvir essas palavras, uma concepção vaga e meio formada do que Dupin queria dizer passou pela minha mente. Eu parecia estar à beira da compreensão sem conseguir compreender totalmente. Os homens, às vezes, se encontram à beira de lembranças sem poder, no final, recordar. Meu amigo continuou com seu discurso.

– Verá – disse ele – que mudei a questão do modo de saída para o de ingresso. Foi meu projeto transmitir a ideia de que as duas coisas foram feitas da mesma maneira, no mesmo ponto. Vamos agora voltar para o interior do quarto. Vamos rever o que tínhamos lá. Dizem que as gavetas da cômoda foram remexidas, embora ainda houvesse muitas peças de roupas dentro delas. A conclusão aqui é absurda. É um mero palpite – muito tolo – e nada mais. Como podemos saber que as peças encontradas nas gavetas não eram tudo que elas originalmente continham? Madame L'Espanaye e sua filha viviam uma vida extremamente reclusa, não recebiam visitas, raramente saíam, não precisavam de muitas roupas. As encontradas eram pelo menos de tão boa qualidade quanto qualquer uma que essas damas poderiam possuir. Se um ladrão fosse levar alguma, por que não levou as melhores – por que não levou todas? Em uma palavra, por que abandonou quatro mil francos em ouro para carregar umas roupas? O ouro *foi* abandonado. Quase toda a quantia mencionada por monsieur Mignaud, o banqueiro, foi encontrada, em sacolas, no chão. Quero que, portanto, descarte de seus pensamentos a ideia errônea de *motivo*, engendrada no cérebro da polícia por aquela parte da evidência que fala do dinheiro entregue na porta da casa. Coincidências dez vezes mais notáveis que essa (a entrega do dinheiro e o homicídio cometido dentro de três dias depois da entrega) acontecem a todos nós a cada hora de nossas vidas, sem atrair sequer um aviso momentâneo. Coincidências, em geral, são grandes obstáculos no caminho dessa classe de pensadores que ignoram completamente a teoria das probabilidades, teoria à qual o conhecimento humano deve suas mais gloriosas conquistas e suas mais belas descobertas. No presente caso, se o ouro tivesse desaparecido, o fato de ter sido entregue três dias antes teria sido pouco mais do que uma coincidência. Teria sido corroborativo dessa ideia de motivo. Mas nas circunstâncias reais do caso, se quisermos supor que o ouro era o motivo do crime, devemos também imaginar que o perpetrador é bastante idiota a ponto de ter abandonado seu ouro e seu motivo juntos.

– Tendo bem presentes os pontos para os quais chamei sua atenção, aquela voz peculiar, aquela agilidade incomum e aquela ausência surpreendente de motivo em um assassinato tão singularmente atroz como esse, vamos olhar para a própria carnificina. Aqui está uma mulher estrangulada até a morte por força manual e empurrada para uma chaminé de cabeça para baixo. Assassinos comuns não empregam modos de assassinato como este. No mínimo, eles descartam os assassinados. Na maneira de empurrar o cadáver pela chaminé, você deve admitir que havia algo excessivamente *outré*, algo totalmente irreconciliável com nossas noções comuns de ação humana, mesmo quando supomos que os atores sejam os mais depravados dos homens. Pense, também, quanta força é necessária para poder empurrar o corpo por tal abertura tão violentamente que a força unida de várias pessoas foi necessário para puxá-lo!

– Vamos voltar agora para outras indicações do emprego desse vigor espantoso. Na lareira havia grossas mechas – muito grossas – de cabelo humano grisalho. Tinham sido arrancados pelas raízes. Você está ciente da grande força necessária para arrancar da cabeça dessa forma vinte ou trinta fios de cabelo juntos. Você viu os tufos em questão, assim como eu. Suas raízes (uma visão horrenda!) estavam cheias de fragmentos de couro cabeludo – prova segura do poder prodigioso que fora exercido na remoção de talvez meio milhão de fios de cada vez. A garganta da velha senhora não estava apenas cortada, mas a cabeça totalmente separada do corpo: o instrumento foi uma mera navalha. Desejo que você também olhe para a ferocidade brutal dessas ações. Nem falo das contusões no corpo de madame L'Espanaye. Monsieur Dumas e seu digno assistente, monsieur Etienne, declararam que foram feitas por algum instrumento contundente e até agora esses senhores estão muito corretos. O instrumento contundente foi claramente o pavimento de pedra no pátio, sobre o qual a vítima caiu da janela que dava para a cama. Essa ideia, por mais simples que pareça agora, não foi considerada pela polícia pela mesma razão que não consideraram a largura das persianas porque, pela questão dos pregos, suas percepções estavam hermeticamente fechadas contra a possibilidade de que as janelas foram abertas.

– Se agora, além de todas essas coisas, você refletiu adequadamente sobre a estranha desordem do quarto, chegamos a ponto de combinar as ideias de uma agilidade impressionante, uma força sobre-humana, uma ferocidade brutal, uma carnificina sem motivo, uma *grotesquerie* horrorosa totalmente alheia à humanidade e uma voz estrangeira aos ouvidos dos homens de muitas nações, desprovida de toda palavra distinta ou inteligível. Qual é o resultado, então? Que impressão deixei em sua imaginação?

Senti um arrepio quando Dupin me fez a pergunta.

– Um louco – falei – fez isso: algum louco maníaco, que fugiu de uma vizinha *Maison de Santé*.

– Em alguns aspectos – ele respondeu –, sua ideia não é irrelevante. Mas as vozes dos loucos, mesmo em seus paroxismos mais selvagens, nunca combinam com aquela voz peculiar ouvida nas escadas. Os loucos são de alguma nação, e sua linguagem, embora incoerente em suas palavras, tem sempre a coerência das sílabas. Além disso, o cabelo de um louco não é como o que tenho agora na mão. Tirei esse pequeno tufo dos dedos rigidamente apertados de madame L'Espanaye. Diga-me o que acha deles.

– Dupin! – falei muito nervoso – Esse cabelo é muito incomum, isso não é cabelo *humano*.

– Não afirmei que era – disse ele –, mas antes de decidirmos este ponto, desejo que você olhe para o pequeno esboço que tracei aqui neste papel. É um desenho *fac-símile* do que foi descrito em uma parte do testemunho como "contusões escuras e marcas profundas de unhas" na garganta de mademoiselle L'Espanaye e em outro (pelos Srs. Dumas e Etienne) como uma série de "manchas lívidas, evidentemente a impressão de dedos".

– Você vai perceber – continuou meu amigo, espalhando o papel sobre a mesa na nossa frente – que este desenho dá a ideia de um aperto firme e fixo. Não há escorregão aparente. Cada dedo reteve, possivelmente até a morte da vítima, o aperto temeroso em que originalmente se encaixava. Agora, tente colocar todos os seus dedos, ao mesmo tempo, nas respectivas impressões que está vendo.

Fiz a tentativa em vão.

– Possivelmente não estamos fazendo a coisa direito – disse ele. – O papel está espalhado em uma superfície plana, mas a garganta humana é cilíndrica. Aqui está um pedaço de madeira, cuja circunferência é aproximadamente igual à da garganta. Enrole o desenho em torno dele e tente o experimento novamente.

Fiz isso, mas a dificuldade era ainda mais óbvia do que antes.

– Isso – falei – não é a marca de uma mão humana.

– Leia agora – respondeu Dupin – esta passagem de Cuvier.

Era um minucioso relato anatômico e com descrições gerais do grande orangotango amarelado das Ilhas Índias Orientais. A estatura gigantesca, a força e a agilidade prodigiosas, a ferocidade selvagem e as tendências imitativas desses mamíferos são bem conhecidas de todos. Entendi os horrores do assassinato de repente.

– A descrição das digitais – disse eu, ao terminar de ler – está de acordo com esse desenho. Não acho que nenhum animal além de um orangotango da espécie aqui mencionada poderia ter deixado as marcas que você desenhou. Esse tufo de pelos loiros também é idêntico ao da fera de Cuvier. Mas não consigo entender as particularidades desse mistério aterrador. Além disso, *duas* vozes foram ouvidas na discussão e uma delas era inquestionavelmente a voz de um francês.

– Verdade e você se lembrará de uma expressão atribuída quase unanimemente, nos interrogatórios, a essa voz: a expressão "*mon Dieu!*". Isso, nessas circunstâncias, foi justamente caracterizado por uma das testemunhas (Montani, o confeiteiro) como uma expressão de protesto ou queixa. Nestas duas palavras, portanto, coloquei minhas esperanças de uma solução completa do enigma. Um francês estava ciente do assassinato. É possível – na verdade, é muito mais do que provável – que ele fosse inocente de toda participação nos sangrentos acontecimentos. O orangotango pode ter escapado dele que o seguiu até o quarto, mas, sob as circunstâncias terríveis que se seguiram, não conseguiu recapturá-lo. Ainda está à solta. Não vou prosseguir com essas suposições – pois não tenho o direito de chamá-las de algo mais que isso – já que os vestígios de reflexão em que se baseiam não têm profundidade suficiente para serem apreciadas pelo meu intelecto, e não pretendo que sejam compreensíveis para outra pessoa. Vamos chamá-las de conjeturas e tratá-las assim. Se o francês em questão é de fato, como suponho, inocente desta atrocidade, este anúncio que deixei ontem à noite, quando voltávamos para casa, na redação do "Le Monde" (um jornal dedicado aos negócios marítimos, e muito lido por marinheiros), irá trazê-lo à nossa residência.

Ele me entregou um jornal e eu li isso:

> CAPTURADO – No Bois de Boulogne, no início da manhã do dia.,. *(na manhã do assassinato)*, um orangotango muito grande, cor dourada, da espécie de Bornéu. O proprietário (que deve ser um marinheiro, pertencente a um navio maltês) pode recuperar o animal, após identificá-lo satisfatoriamente e pagar alguns encargos decorrentes de sua captura e manutenção. Apresentar-se no nº... rua... Faubourg Saint Germain... terceiro andar.

– Como é possível – perguntei – que você soubesse que o homem era marinheiro e pertencia a um navio maltês?

– Eu *não* sei – disse Dupin. – Não *tenho certeza* disso. Aqui, no entanto, há um pequeno pedaço de fita, que por sua forma e por sua aparência gordurosa, evidentemente foi usada para amarrar o cabelo em uma daquelas longas tranças que os marinheiros gostam tanto. Além disso, esse é um nó que poucas pessoas além dos marinheiros sabem fazer, e é peculiar dos malteses. Encontrei a fita ao pé do cano do para-raios. Não poderia ter pertencido a nenhuma das falecidas. Então se, afinal de contas, estiver errado na minha indução sobre esta corda, que o francês era um marinheiro pertencente a um navio maltês, não terei feito nenhum mal em dizer o que afirmei no anúncio. Se eu estiver errado, ele simplesmente vai pensar que fui enganado por alguma circunstância e nem se importará em perguntar. Mas se estiver certo, um grande ponto será marcado. Ciente, embora inocente do assassinato, o francês certamente hesitará em responder ao anúncio e exigir o orangotango. Ele raciocinará assim: "Sou inocente; sou pobre; meu orangotango tem grande valor – para alguém em minhas circunstâncias, vale uma fortuna – por que deveria perdê-lo por apreensões vazias de perigo? Está aí, ao meu alcance. Foi encontrado no Bois de Boulogne, a uma grande distância da cena daquela carnificina. Como alguém poderia suspeitar que um animal teria feito aquilo? A polícia está perdida, não conseguiram encontrar a menor prova. Se rastrearem o animal, seria impossível provar que eu sabia do assassinato ou me implicar na culpa por causa desse conhecimento. Acima de tudo, *sou conhecido*. O anunciante me indica como dono do animal. Não tenho certeza até onde vai seu conhecimento. Se não reivindico uma propriedade de tão grande valor, que sabem que é minha, tornarei o animal, pelo menos, alvo de suspeitas. Não é prudente atrair a atenção para mim ou para a fera. Vou responder ao anúncio, pegar o orangotango e mantê-lo trancado até que este assunto tenha acabado."

Neste momento, ouvimos um passo na escada.

– Esteja pronto – disse Dupin – com suas pistolas, mas não as use nem as mostre até receber um sinal meu.

A porta da frente da casa tinha sido deixada aberta e o visitante havia entrado, sem tocar, avançando vários degraus na escada. Agora, no entanto, ele parecia hesitar. Na verdade, ouvimos que ele descia. Dupin se moveu rapidamente para a porta, quando ouvimos que ele voltava a subir. Não recuou uma segunda vez, mas avançou com decisão e bateu na porta dos nossos aposentos.

– Entre – disse Dupin, em um tom alegre e saudável.

Um homem entrou. Era um marinheiro, evidentemente, uma pessoa alta, robusta e de aspecto musculoso, com uma certa expressão atrevida, não totalmente desagradável. Seu rosto, muito queimado pelo sol, estava meio escondido por suíças e *mustachio*. Carregava um enorme porrete de carvalho, mas parecia estar desarmado. Curvou-se desajeitadamente e disse-nos "boa noite" em francês. Embora com um sotaque de Neufchatel, ainda era suficientemente indicativo de uma origem parisiense.

– Sente-se, meu amigo – disse Dupin. – Suponho que tenha vindo por causa do orangotango. Dou minha palavra, quase o invejo pela posse dele, um animal muito belo e sem dúvida muito valioso. Quantos anos acha que tem?

O marinheiro respirou fundo, com o ar de um homem aliviado de algum fardo intolerável, e então respondeu, num tom seguro:

– Não tenho como dizer, mas ele não pode ter mais do que quatro ou cinco anos. Ele está aqui?

– Oh não, não tínhamos como mantê-lo aqui. Está em um estábulo na rua Dubourg, aqui perto. Você pode pegá-lo amanhã de manhã. Claro que pode identificar a propriedade?

– Pode ter certeza, senhor.

– Vou ficar triste de me separar dele – disse Dupin.

– Claro que não terá todo esse trabalho por nada, senhor – disse o homem. – Não podia esperar isso. Estou disposto a pagar uma recompensa por ter encontrado o animal, isto é, algo razoável.

– Bem – respondeu meu amigo –, tudo isso é muito justo, com certeza. Deixe-me pensar! O que posso querer? Oh! Vou dizer. Minha recompensa será esta. Você me dará toda informação que tiver sobre esses assassinatos na rua Morgue.

Dupin disse as últimas palavras em um tom muito baixo e muito silencioso. Com a mesma calma, caminhou em direção à porta, trancou-a e colocou a chave no bolso. Tirou a pistola e colocou-a, sem a menor agitação, sobre a mesa.

O rosto do marinheiro ficou vermelho como se estivesse se sufocando. Levantou-se e segurou o porrete, mas no momento seguinte caiu de novo em sua cadeira, tremendo violentamente e com o semblante branco como a própria morte. Não falou nenhuma palavra. Do fundo do meu coração, senti pena dele.

– Meu amigo – disse Dupin, num tom amável –, você está alarmado desnecessariamente, de verdade. Não queremos causar-lhe nenhum mal. Dou minha palavra como cavalheiro e como francês, de que não pretendemos prejudicá-lo. Sei perfeitamente que você é inocente das atrocidades na rua Morgue. Isso não quer dizer, no entanto, que você não está de alguma forma implicado nelas. Pelo que já disse, deve saber que tenho informações sobre esse assunto, meios que você nunca poderia ter sonhado. Agora a coisa está assim. Você não fez nada que poderia ter evitado. Nada, certamente, que o torne culpado. Nem foi culpado de roubo, algo que poderia ter feito com impunidade. Não tem nada a esconder. Não tem motivo para ocultar nada. Por outro lado, está obrigado por todos os princípios de honra a confessar tudo que sabe. Um homem inocente agora está preso, acusado por esse crime, do qual você pode apontar o autor.

O marinheiro havia recuperado sua presença de espírito, em grande medida, enquanto Dupin pronunciava essas palavras; mas seu ar decidido havia desaparecido.

– Então que Deus me ajude – disse ele, depois de uma breve pausa –, direi tudo o que sei sobre esse caso, mas não espero que acredite em metade do que vou contar. Seria realmente um tolo se acreditasse nisso. Mesmo assim, sou inocente e vou contar a verdade sobre o que sei.

O que ele declarou foi, em essência, isso. Tinha feito recentemente uma viagem ao arquipélago indonésio. Um grupo, do qual ele fez parte, desembarcou em Bornéu e fez uma excursão pelo interior, a passeio. Ele e um companheiro tinham capturado o orangotango. Este companheiro morreu e o animal terminou sendo exclusivamente dele. Depois de grande dificuldade, ocasionada pela ferocidade indomável do cativo durante a viagem para casa, ele finalmente conseguiu alojá-lo com segurança em sua própria residência em Paris onde, para não atrair a curiosidade desagradável de seus vizinhos, manteve o animal cuidadosamente isolado, até que se recuperasse de uma ferida na pata, feita por uma lasca a bordo do navio. Sua intenção final era vendê-lo.

Voltando para casa de uma noite de farra com outros marinheiros, ou melhor, na manhã do assassinato, ele encontrou o animal em seu quarto de dormir, pois tinha escapado de um armário, onde, ele pensava, estaria confinado. Com uma navalha na mão, e totalmente ensaboado, o animal estava sentado diante de um espelho, tentando fazer a barba, algo que, sem dúvida, antes havia observado seu dono fazer através do buraco da fechadura do armário. Aterrorizado com a visão de uma arma tão perigosa nas mãos de um animal tão feroz e tão capaz de usá-la, o homem, por alguns momentos, não sabia o que fazer. Estava acostumado, no entanto, a acalmar a criatura, mesmo em seus momentos de grande ferocidade, usando um chicote, e foi a isso que recorreu agora. Ao vê-lo, o orangotango saltou imediatamente pela porta do quarto, desceu as escadas e, através de uma janela, infelizmente escapou para a rua.

O francês o seguiu desesperado. O macaco, com a navalha ainda na mão, ocasionalmente parava para olhar para trás e gesticulava para o perseguidor, deixando que este quase o alcançasse, só para escapar correndo de novo. Desta forma, a perseguição continuou por um longo tempo. As ruas estavam profundamente calmas, já que eram quase três horas da manhã. Ao passar por um beco nos fundos da rua Morgue, a atenção do fugitivo foi detida por uma luz que brilhava da janela aberta do quarto de madame L'Espanaye, no quarto andar de sua casa. Correndo para o edifício, percebeu o cano do para-raios e trepando com uma agilidade incrível, agarrou a persiana, que estava totalmente aberta contra a parede e, dessa forma, conseguiu se balançar diretamente sobre a cabeceira da cama. Tudo isso aconteceu em menos de um minuto. Com o chute do orangotango ao entrar no quarto, a janela voltou a se abrir.

O marinheiro, enquanto isso, estava ao mesmo tempo feliz e preocupado. Ele tinha fortes esperanças de agora recapturar o animal, pois dificilmente este poderia escapar da armadilha em que se enfiara, exceto pelo para-raios, onde poderia ser agarrado ao descer. Por outro lado, havia muitos motivos para sentir ansiedade pelo que ele poderia fazer na casa. Este último pensamento impeliu o homem a seguir o fugitivo. É possível subir por um cano o para-raios sem dificuldade, especialmente para um marinheiro, mas, quando ele estava à altura da janela, que ficava à sua esquerda, não conseguiu continuar. O máximo que conseguiu foi se aproximar para ver o interior do quarto. Ao olhar, ele quase caiu pelo horror que sentiu. Foi nesse momento que aqueles gritos medonhos tomaram a noite, assustando os moradores da rue Morgue. Madame L'Espanaye e sua filha, preparadas para dormir, aparentemente estavam ocupadas em arrumar alguns papéis no baú de ferro já mencionado, que tinha sido colocado no meio do quarto. Estava aberto e seu conteúdo espalhado pelo chão. As vítimas deviam estar sentadas de costas para a janela e, no tempo decorrido entre o ingresso do animal e os gritos, parece provável que ele não tenha sido imediatamente percebido. O bater da persiana naturalmente teria sido atribuído ao vento.

Quando o marinheiro olhou para dentro, o gigantesco animal tinha agarrado madame L'Espanaye pelo cabelo (que estava solto, já que ela estivera se penteando), e passava a navalha pelo rosto dela, imitando os movimentos de um barbeiro. A filha jazia prostrada e imóvel: tinha desmaiado. Os gritos e lutas da velha senhora (durante os quais o cabelo foi arrancado da cabeça) tiveram o efeito de mudar os propósitos provavelmente pacíficos do orangotango pela ira. Com um determinado movimento de seu braço musculoso, quase cortou a cabeça da mulher. A visão do sangue inflamou sua raiva. Rangendo os dentes e soltando fogo pelos olhos, ele voou sobre o corpo da garota e enfiou suas temíveis garras na garganta dela, retendo seu aperto até que ela expirasse. Seus olhares errantes e selvagens caíram neste momento sobre a cabeceira da cama, na qual o rosto de seu dono, paralisado pelo horror, era apenas discernível. A fúria da fera, que sem dúvida ainda se lembrava do temido chicote, instantaneamente se transformou em medo. Consciente de que merecia punição, parecia desejoso de esconder seus atos sangrentos e pulava pelo quarto em uma agonia de agitação nervosa. Derrubou e quebrou a mobília enquanto se movia, arrancando o colchão da cama. Concluindo, agarrou primeiro o cadáver da filha e empurrou-o pela chaminé, como foi encontrado, então pegou o da velha senhora e imediatamente atirou pela janela de cabeça para baixo.

Quando o macaco se aproximou da janela com seu fardo mutilado, o marinheiro se encolheu de medo no para-raios e, deslizando ao invés de descer, correu imediatamente para casa – temendo as consequências da carnificina e abandonando, em seu terror, todo interesse sobre o destino do orangotango. As palavras ouvidas pelo grupo na escadaria eram as exclamações de horror e temor do francês misturadas com os gritos do animal.

Quase não tenho nada para acrescentar. O orangotango deve ter escapado do quarto pelo cano pouco antes de terem aberto a porta. Deve ter fechado a janela quando passou por ela. Foi posteriormente capturado pelo próprio dono, que obteve por ele uma soma muito grande no *Jardin des Plantes*. Le bon foi imediatamente libertado, após nossa narrativa das circunstâncias (com alguns comentários de Dupin) ao Chefe do Departamento de Polícia. Esse funcionário, por mais que simpatizasse com meu amigo, não podia esconder completamente o desgosto pelo giro que o caso tinha tomado, e soltou um ou dois comentários sarcásticos, dizendo que cada pessoa deveria cuidar de seus próprios negócios.

– Deixe-o falar – afirmou Dupin, que não achou necessário responder. – Deixe que ele discurse; vai aliviar sua consciência, estou satisfeito por tê-lo derrotado em seu próprio terreno. No entanto, que tenha falhado na solução deste mistério não é algo espantoso como ele supõe pois, na verdade, nosso amigo, o chefe de polícia, é de alguma forma astuto demais para ser profundo. Não há fundamentos em sua sabedoria. Tudo é cabeça e nada de corpo, como as imagens da Deusa Laverna ou, na melhor das hipóteses, muita cabeça e ombros, como um bacalhau. Mas é um bom sujeito, afinal. Gosto dele especialmente por um golpe de mestre, pelo qual alcançou sua reputação de alguém engenhoso. Estou falando do jeito que ele tem "*de nier ce qui est, et d'expliquer ce qui n'est pas.*"*

* "Negar o que é e explicar o que não é" – Rousseau – Nouvelle Heloise. [N. A.]

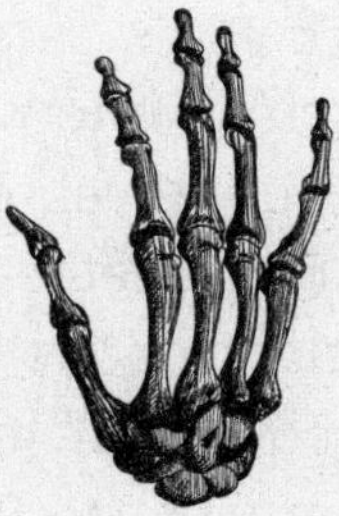

O POÇO E O PÊNDULO

Impia tortorum longos hic turba furores
Sanguinis innocui, non satiata, aluit.
Sospite nunc patria, fracto nunc funeris antro,
*Mors ubi dira fuit vita salusque patent.**

(Quadra composta para os portões de um mercado a ser erguido no local do Clube dos Jacobinos em Paris.)

Eu estava cansado, completamente esgotado daquela longa agonia, e quando finalmente me soltaram e me permitiram sentar, percebi que meus sentidos estavam me deixando.

---

* Aqui por muito tempo os impiedosos torturadores nutriram o insaciável furor da turba pelo sangue dos inocentes. Agora que a pátria está a salvo, e o antro fúnebre foi destruído, onde antes havia morte surgem vida e bem-estar.

A sentença – a terrível sentença de morte – foi a última das distintas palavras que chegou aos meus ouvidos. Depois disso, o som das vozes inquisitoriais parecia imerso em um sonhador zumbido indeterminado. Transmitiu à minha alma a ideia de rotação. talvez de sua associação fantasiosa com o rumor de uma roda de moinho. Isso durou apenas um breve período; depois não ouvi mais nada. No entanto, por um tempo, eu vi, e com que exagero terrível! Vi os lábios dos juízes vestidos de preto. Eles me pareceram brancos – mais brancos do que a folha sobre a qual traço essas palavras – e finos até parecerem grotescos. Finos com a intensidade de sua expressão de firmeza, de resolução imutável, de severo desprezo pela tortura humana. Vi que os decretos do que para mim era o Destino ainda estavam saindo daqueles lábios. Eu os vi se contorcerem com uma locução mortal. Vi formarem as sílabas do meu nome e estremeci porque nenhum som chegava até mim. Também vi, por alguns momentos de horror delirante, a ondulação suave e quase imperceptível das cortinas negras que envolviam as paredes do aposento. E então minha visão caiu sobre as sete velas altas sobre a mesa. No início, tinham o aspecto da caridade e pareciam anjos brancos e esbeltos que me salvariam, mas depois, de repente, uma náusea mortal tomou meu espírito, e senti cada fibra em minha estrutura vibrar como se tivesse tocado o fio de uma pilha galvânica, enquanto as formas de anjos se tornavam espectros sem sentido, com cabeças de fogo, e vi que deles não receberia nenhuma ajuda. E então penetrou em minha imaginação, como uma nota musical profunda, o pensamento do doce descanso que deveria sentir no túmulo. O pensamento veio gentil e furtivamente, e aparentemente muito antes de atingir a plena apreciação, mas, assim como meu espírito se distanciou adequadamente para senti-lo e entretê-lo, as figuras dos juízes desapareceram, magicamente, da minha frente. As velas altas afundaram no nada, suas chamas se apagaram totalmente, o negro das trevas me envolveu, todas as sensações pareciam engolidas em uma louca queda da alma para o inferno. Então o universo não foi mais que silêncio, quietude e noite.

Eu desmaiei, mas não posso dizer que toda a consciência foi perdida. O que restava aqui não vou tentar definir ou mesmo descrever. No entanto, nem tudo estava perdido. No sono mais profundo – não! Em delírio – não! Em um desmaio – não! Na morte – não! Mesmo no túmulo nem tudo está perdido. Ou não há imortalidade para o homem. Despertando do mais profundo sono, quebramos a teia de algum sonho. No entanto, um segundo depois (tão frágil que a teia pode ser), não nos lembramos do que sonhamos. No retorno à vida depois do desmaio há dois estágios: primeiro, o do sentido da existência mental ou espiritual, em segundo lugar, o sentido da existência física. Parece provável que se chegamos ao segundo estágio e conseguimos recordar as impressões do primeiro, elas conteriam muitas impressões de lembranças do abismo transposto. E o que é esse abismo? Como distinguiremos suas sombras das que existem no túmulo? Mas se as impressões do que chamei de primeiro estágio não são, sempre que quisermos, lembradas, por acaso, depois de um longo intervalo, elas não reaparecem espontaneamente, enquanto imaginamos maravilhados de onde poderão ter surgido? Aquele que nunca desmaiou, não é ele que encontra estranhos palácios e rostos selvagemente familiares em brasas que brilham, não é ele que contempla flutuando no ar as tristes visões que muitos não conseguem ver, não é ele que medita sobre o perfume de alguma nova flor? Não é ele cujo cérebro fica desorientado com o significado de alguma cadência musical que nunca antes chamou sua atenção?

Em meio a esforços frequentes e pensativos, em meio a sérias lutas para reunir alguma lembrança do estado de aparente nulidade em que minha alma mergulhou, houve momentos em que vislumbrei o sonho. Houve breves, muito breves períodos em que invoquei lembranças que a razão lúcida de uma época posterior me assegura relacionarem-se apenas àquela condição de aparente inconsciência. Essas sombras da memória mostram, indistintamente, figuras altas que me erguiam e me empurravam em silêncio – para baixo, sempre para baixo – até que uma tontura medonha me oprimia com a mera ideia de que essa queda seria interminável. Eles também colocaram um vago horror em meu coração, por causa da monstruosa calma que me invadia. Então vem uma sensação de movimento repentino por todas as coisas, como se aqueles que me empurravam (um cortejo horrível!) tivessem ultrapassado, em sua descida, os limites do ilimitado e tivessem parado diante do desgaste de seu esforço. Depois disso, chamo a atenção para a horizontalidade e a umidade, e então tudo é loucura, a loucura de uma memória que se ocupa de coisas proibidas.

De repente, voltou à minha alma o movimento e o som, o movimento tumultuado do coração e, nos meus ouvidos, o som de sua batida. Sucedeu uma pausa em que tudo ficou vazio. Outra vez, som, movimento e toque, uma sensação de formigamento que permeia meu corpo. Depois, a mera consciência da existência, sem pensamento, uma condição que durou muito tempo. De repente, pensei, e tremi de terror, e fiz um sério esforço para compreender meu verdadeiro estado. A isso sucedeu um forte desejo de cair na insensibilidade. Em seguida, um renascimento vigoroso da alma e um esforço bem-sucedido para me mover. E agora uma memória completa do julgamento, dos juízes, das cortinas negras, da sentença, da náusea, do desmaio. Então todo o esquecimento de tudo que se seguiu; de tudo que um dia posterior e muito esforço obstinado me permitiram recordar vagamente.

Até agora, não tinha aberto meus olhos. Senti que estava deitado de costas, solto. Estendi minha mão e ela caiu pesadamente sobre algo úmido e duro. Eu a deixei ali por vários minutos, enquanto tentava imaginar onde estava e o que poderia ser. Queria, mas não ousava abrir os olhos. Temia dar minha primeira olhada em objetos ao meu redor. Não era que eu temesse olhar para coisas horríveis, mas ia ficando com medo de que não houvesse nada para ver. Finalmente, com um profundo desespero no coração, abri de um golpe os olhos. Meus piores pensamentos, então, foram confirmados. A escuridão da noite eterna me cercou. Lutava para respirar. A intensidade da escuridão parecia oprimir e me sufocar. A atmosfera estava intoleravelmente pesada. Eu ainda permaneci em silêncio e fiz um esforço para exercitar minha razão. Lembrei dos procedimentos inquisitoriais e tentei, a partir daquele ponto, deduzir minha condição real. A sentença havia sido pronunciada e pareceu que um intervalo de tempo muito longo tinha decorrido desde então. No entanto, nem por um momento supus estar realmente morto. Tal suposição, não obstante o que lemos na ficção, é totalmente inconsistente com a existência real, mas onde e em que estado eu me encontrava? Os condenados à morte, eu sabia, pereciam geralmente nos autos de fé, e um deles foi executado na mesma noite do dia em que fui julgado. Teriam me mandado de novo para a minha masmorra, para esperar o sacrifício próximo, algo que demoraria muitos meses? Logo vi que era impossível. Naquele momento havia uma demanda imediata de vítimas. Além disso, meu calabouço, assim como todas as celas de condenados de Toledo, tinha chão de pedra e a luz não estava totalmente excluída.

Uma ideia temerosa repentinamente encheu de sangue meu coração e, por um breve período, recaí uma vez mais na insensibilidade. Ao me recuperar, imediatamente me levantei, tremendo convulsivamente em cada fibra. Agitei meus braços descontroladamente em volta de mim, em todas as direções. Não sentia nada, mas estava com medo de dar um passo, para não ser impedido pelas paredes de um túmulo. O suor escorria de todos os poros e formava grandes gotas frias na minha testa. A agonia do suspense ia ficando intolerável e eu cautelosamente seguia em frente, com os braços estendidos e os olhos tensos em suas órbitas, na esperança de captar um leve raio de luz. Continuei por muitos passos, mas ainda assim tudo era escuridão e vazio. Respirei mais livremente. Parecia evidente que o meu não era, pelo menos, o mais hediondo dos destinos.

E agora, enquanto continuava a andar cautelosamente para frente, cresciam na minha memória mil rumores vagos dos horrores de Toledo. Havia muitas narrativas estranhas sobre as masmorras, que eu sempre tinha considerado fábulas, mas ainda assim eram estranhas e horríveis demais para repetir, exceto num sussurro. Fui deixado para morrer de fome neste mundo subterrâneo das trevas ou que destino, talvez ainda mais terrível, me esperava? Que o resultado seria a morte e uma morte ainda mais amarga do que o normal, eu conhecia muito bem o caráter de meus juízes para duvidar. O modo e a hora eram tudo que me ocupavam ou distraíam.

Minhas mãos estendidas encontraram alguma obstrução sólida. Era uma parede, aparentemente de pedra, muito lisa, viscosa e fria. Eu a segui pisando com toda a desconfiança cuidadosa que certas narrativas antigas tinham me inspirado. Este processo, no entanto, não me dava meios de averiguar as dimensões da minha masmorra. Eu não poderia fazer seu circuito, e voltar ao ponto de onde tinha partido, sem estar consciente do fato, sendo a parede tão perfeitamente uniforme. Procurei, portanto, a faca que estava no meu bolso quando havia sido levado para a câmara inquisitorial, mas tinha desaparecido. Minhas roupas tinham sido trocadas por um camisolão de tecido grosseiro. Tinha pensado em forçar a lâmina em alguma fresta minúscula da alvenaria, de modo a identificar o meu ponto de partida. A dificuldade, no entanto, não era trivial, embora, na desordem da minha fantasia, parecesse a princípio insuperável. Rasguei uma parte da bainha do camisolão e coloquei o fragmento no comprimento total, e em ângulo reto com a parede. Ao tatear meu caminho ao redor da prisão, não poderia deixar de encontrar esse pano ao completar o circuito. Pelo menos foi o que pensei: não contava com a extensão da masmorra ou com minha própria fraqueza. O chão estava úmido e escorregadio. Cambaleei para frente por algum tempo, quando tropecei e caí. Minha fadiga excessiva me induziu a permanecer prostrado e o sono logo me dominou.

Ao acordar e estender um braço, encontrei ao meu lado um pão e um jarro com água. Estava muito exausto para refletir sobre essa circunstância, mas comi e bebi com avidez. Pouco depois, retomei minha exploração pela prisão e, com muito esforço, finalmente cheguei ao fragmento de pano. Até o período em que caí, havia contado cinquenta e dois passos e, ao voltar a andar, contei quarenta e oito mais até chegar ao pano. Havia, então, cem passos e, admitindo um metro a cada dois passos, presumi que a masmorra tivesse um perímetro de cinquenta metros. Tinha me encontrado, no entanto, com muitos ângulos na parede, por isso não conseguia imaginar a forma da cripta (pois não podia deixar de supor que fosse isso).

Não tinha nenhum objetivo e muito menos esperança, com essas investigações, mas uma curiosidade vaga me levou a continuar. Deixando a parede, resolvi atravessar a área do recinto. A princípio, procedi com extrema cautela, pois o chão, embora aparentemente de material sólido, era traiçoeiro como o musgo. Por fim, porém, tomei coragem e não hesitei em dar um passo firme, esforçando-me para cruzar uma linha o mais reta possível. Tinha avançado uns dez ou doze passos dessa maneira, quando o resto da bainha rasgada do meu camisolão se enredou entre as minhas pernas. Pisei nele e caí violentamente de frente.

Na confusão que acompanhava minha queda, não compreendi imediatamente uma circunstância um tanto surpreendente, que poucos segundos depois, e enquanto ainda estava caído no chão, chamou minha atenção. Era que meu queixo descansava no chão da prisão, mas meus lábios e a parte superior da minha cabeça, embora aparentemente menos elevada que o queixo, não tocavam em nada. Ao mesmo tempo, minha testa parecia banhada em um vapor pegajoso, e o cheiro peculiar de fungos podres entrou por minhas narinas. Estiquei o braço e estremeci ao perceber que tinha caído à beira de um poço circular, cuja extensão, é claro, não tinha como averiguar no momento. Tateando a alvenaria logo abaixo da extremidade, consegui desalojar um pequeno fragmento e deixá-lo cair no abismo. Por muitos segundos, escutei suas reverberações enquanto batia nos lados do abismo em sua descida. Finalmente houve um mergulho soturno na água, seguido de ecos ruidosos. Ao mesmo tempo, ouvi um som que lembrava uma abertura e o rápido fechamento de uma porta no alto, enquanto um leve brilho de luz iluminou instantaneamente a escuridão e, de repente, desapareceu.

Vi claramente a desgraça que tinha sido preparada para mim e agradeci pelo oportuno acidente que tinha me permitido escapar. Mais um passo antes da minha queda e o mundo não me veria mais. E a morte que tinha acabado de evitar era desse mesmo caráter que considerava fabulosa e frívola nos contos que falavam da Inquisição. Para as vítimas de sua tirania, reservavam dois tipos de morte: uma através das mais terríveis agonias físicas, outra acompanhada dos mais hediondos sofrimentos morais. O último tinha sido reservado para mim. De tanto sofrer, meus nervos tinham enfraquecido, chegando a tremer ao som da minha própria voz, e me tornei, em todos os aspectos, a vítima apropriada para os tipos de tortura que me aguardavam.

Com todos os membros tremendo, voltei para a parede, resolvendo ali perecer em vez de arriscar os terrores dos poços, dos quais minha imaginação agora retratava muitos em várias posições sobre a masmorra. Em outras condições mentais, eu poderia ter tido coragem de acabar com a minha miséria de uma só vez com um mergulho em um desses abismos, mas agora eu era o pior dos covardes. Tampouco poderia esquecer o que havia lido sobre esses poços: que a rápida extinção da vida não fazia parte de seu plano horrível.

A agitação do meu espírito me manteve acordado por muitas horas até finalmente voltar a dormir. Ao despertar, encontrei ao meu lado, como antes, um pão e um jarro de água. Uma sede ardente me consumia e esvaziei o jarro de uma vez. Devo ter sido drogado pois mal bebi fiquei irresistivelmente sonolento. Um sono profundo caiu sobre mim – um sono como o da morte. Por quanto tempo durou, é claro que não sei, mas quando voltei a abrir os olhos, os objetos ao meu redor estavam visíveis. Por um brilho sulfuroso, cuja origem não pude determinar a princípio, era capaz de ver a extensão e o aspecto da prisão.

Tinha me enganado muito com seu tamanho. Todo o circuito de suas paredes não excedia vinte e cinco metros. Por alguns minutos, esse fato me ocasionou uma grande quantidade de preocupações inúteis e realmente vãs! Como não seria de menor importância, sob as terríveis circunstâncias que me cercavam, as meras dimensões da minha masmorra? Mas minha alma tinha um interesse inexplicável por ninharias e me ocupei em esforços para explicar o erro que cometi em minhas medidas. A verdade finalmente me iluminou. Na minha primeira tentativa de exploração, tinha contado cinquenta e dois passos, até o momento em que caí. Devia então estar a um ou dois passos do fragmento do pano. Na verdade, quase tinha realizado o circuito inteiro da masmorra. Então dormi e, ao despertar, devo ter retornado sobre meus passos, supondo assim que o perímetro era quase o dobro do que realmente era. Minha confusão mental impediu-me de observar que comecei minha volta pela parede à esquerda e terminei com a parede à direita.

Também tinha me enganado em relação à forma do recinto. Ao passar a mão pelas paredes, tinha encontrado muitos ângulos e deduzi que havia uma grande irregularidade tão potente é o efeito da escuridão total sobre a pessoa que desperta da letargia ou do sono! Os ângulos eram simplesmente pequenas depressões ligeiras, ou nichos, a intervalos irregulares. A forma geral da prisão era quadrada. O que eu tinha tomado como alvenaria parecia agora ser ferro, ou algum outro metal, em placas enormes, cujas suturas ou articulações ocasionavam as depressões. Toda a superfície desta cela metálica estava rudemente pintada em todos os dispositivos hediondos e repulsivos que a superstição sepulcral dos monges tinha dado origem. As figuras de demônios em aspectos ameaçadores, com formas de esqueleto, e outras imagens ainda mais temerárias, se espalhavam e desfiguravam as paredes. Observei que os contornos dessas monstruosidades eram bem diferentes, mas que as cores pareciam desbotadas e borradas, como se fossem os efeitos de uma atmosfera úmida. Também notei o chão, que era de pedra. No centro, se abria o poço circular de cujas mandíbulas eu havia escapado, mas não havia nenhum outro na masmorra.

Tudo isso eu vi indistintamente e com muito esforço pois minha condição pessoal havia mudado muito durante o repouso. Eu agora estava deitado de costas e com o corpo inteiro em uma espécie de estrutura baixa de madeira. Eu estava bem amarrado nela por uma longa alça que lembrava uma correia. Passava muitas vezes sobre meus membros e corpo, deixando em liberdade apenas minha cabeça e meu braço esquerdo de forma que eu poderia, com muito esforço, agarrar a comida de um prato de barro que estava ao meu lado no chão. Vi, para meu horror, que o jarro tinha sido removido. Digo para meu horror pois estava tomado por uma sede intolerável. Essa sede parecia ser o desígnio que meus perseguidores estimulavam, pois a comida no prato era carne muito temperada.

Olhando para cima, examinei o teto da minha prisão. Estava a 10 ou 12 metros de altura e era parecido com as paredes laterais. Em um de seus painéis, uma figura muito singular atraiu a minha atenção. Era a figura pintada do Tempo como é comumente representado, exceto que, em vez de uma foice, segurava o que, em um olhar casual, parecia ser a imagem retratada de um enorme pêndulo, como visto em relógios antigos. Havia algo, no entanto, na aparência dessa imagem que me fez considerá-la com mais atenção. Enquanto olhava diretamente para cima (pois sua posição estava imediatamente acima da minha) imaginei tê-la visto em movimento. Um instante depois, essa visão foi confirmada. Seu movimento era breve e, claro, lento. Fiquei olhando por alguns minutos com um pouco com medo, mas cheio de admiração. Cansado de observar seu movimento monótono, voltei meus olhos para os outros objetos na cela.

Um leve ruído atraiu minha atenção e, olhando para o chão, vi vários ratos enormes caminhando. Tinham saído do poço, que podia ver à minha direita. Enquanto eu olhava, eles vinham em tropa, apressadamente, com olhos vorazes, atraídos pelo cheiro da carne. Exigiu muito esforço e atenção afugentá-los do prato de comida.

Poderia ter passado meia hora, talvez até uma hora (pois não conseguia marcar perfeitamente o tempo) antes de poder voltar a olhar para cima. O que vi então me confundiu e surpreendeu. O balanço do pêndulo aumentara de extensão em quase um metro. Como consequência natural, sua velocidade também era muito maior. Mas o que mais me perturbou foi a ideia de que tinha baixado perceptivelmente. Observei agora – com que horror é desnecessário dizer – que sua extremidade inferior era formada por uma meia-lua de aço reluzente, com cerca de trinta centímetros de comprimento de uma ponta à outra, com chifres curvados para cima e a extremidade inferior evidentemente tão afiada quanto a de uma navalha. Embora afiado como uma navalha o pêndulo parecia maciço e pesado, afunilando desde a borda até finalizar em uma estrutura sólida e larga. Estava preso a uma pesada barra de bronze e todo o mecanismo sibilava quando cruzava o ar.

Eu não podia mais duvidar do destino preparado para mim pela engenhosidade em tortura dos monges. Os agentes inquisitoriais souberam que eu tinha percebido o poço cujos horrores tinham sido destinados a um não conformista tão ousado como eu, o poço, típico do inferno, e considerado pelos rumores como a Ultima Thule de todos os castigos da Inquisição. Eu tinha evitado o mergulho neste poço por um mero acidente e sabia que a surpresa, ou uma armadilha de tormentos, formava uma parte importante de todo o grotesco das mortes nas masmorras. Ao não ter caído, não era parte do plano demoníaco jogar-me no abismo e assim (não tendo alternativa) um final diferente e mais suave me esperava. Mais suave! Dei um meio sorriso em minha agonia quando pensei sobre a aplicação de tal termo.

Que uso para contar as longas horas de horror mais que mortais, durante as quais contei as passagens do pêndulo oscilando! Polegada a polegada – linha por linha – com uma descida que só era apreciável em intervalos que pareciam anos. Descendo cada vez mais! Passaram-se dias, pode ser que muitos dias tenham passado, antes que balançasse tão perto de mim para me abanar com seu hálito acre. O cheiro do aço afiado entrava à força em minhas narinas. Eu orei, cansei de pedir ao Céu com minha oração para que descesse mais rapidamente. Fui ficando cada vez mais louco e lutei para me levantar e encontrar o balanço da temível cimitarra. E então caí, de repente, calmo e fiquei sorrindo para a morte brilhante, como uma criança olhando para algum brinquedo bonito.

Houve outro intervalo de total insensibilidade. Foi breve pois, ao me perder em meus pensamentos, notei que não havia descida perceptível no pêndulo. Mas pode ter sido longo pois eu sabia que havia demônios que tomavam nota do meu desmaio e que poderiam ter detido o balanço por prazer.

Quando me recuperei, também me senti muito doente e fraco, como se sofresse de uma longa inanição. Mesmo em meio às agonias daquele período, a natureza humana ansiava por comida. Com esforços dolorosos, estendi meu braço esquerdo até onde minhas amarras permitiam, e peguei um pouco do que tinha sido poupado pelos ratos. Quando coloquei uma porção em meus lábios, correu pela minha mente um meio pensamento de alegria e de esperança. Mas por que teria esperança? Era, como falei, um pensamento incipiente, o homem tem muitos que nunca são completados. Senti que era de alegria e de esperança, mas também senti que havia perecido em sua formação. Em vão, esforcei-me para aperfeiçoá-lo, para recuperá-lo. O longo sofrimento quase tinha aniquilado todos meus poderes mentais comuns. Eu era um imbecil, um idiota.

O balanço do pêndulo estava em ângulo reto com meu corpo estendido. Vi que a meia-lua tinha sido projetada para atravessar a região do coração. Cortaria o pano do meu manto, voltaria a repetir a operação, outra vez e outra vez. Apesar do balanço terrivelmente amplo (cerca de nove metros ou mais) e o vigor sibilante de sua descida serem suficientes para romper essas paredes de ferro, ainda assim tudo que ela faria, por vários minutos, seria cortar minha roupa. E com esse pensamento, parei. Não me atrevi a ir além dessas reflexões. Eu me mortifiquei com uma pertinácia de atenção como se, ao fazer isso, pudesse evitar a descida do aço. Obriguei-me a refletir sobre o som da meia-lua quando atravessasse a roupa, sobre a peculiar sensação de estremecimento que a fricção do tecido produz nos nervos. Ponderei sobre toda essa frivolidade até o limite da minha resistência.

A lâmina descia de forma constante. Senti um prazer louco ao comparar sua descida com a velocidade lateral. Para a direita, para a esquerda, de um lado para o outro, com o grito de um espírito condenado. Em meu coração com o ritmo furtivo do tigre! Eu alternadamente ria e uivava quando uma ou outra ideia se tornava predominante.

Descia, certa e implacavelmente descia! Vibrava a três polegadas do meu peito! Eu lutava furiosamente para liberar meu braço esquerdo. Estava livre apenas do cotovelo para baixo. Com a mão eu conseguia alcançar o prato ao meu lado e trazer a comida até minha boca, com grande esforço, mas não mais do que isso. Se conseguisse romper a amarras acima do cotovelo, teria agarrado e tentado parar o pêndulo. Seria o mesmo que tentar segurar uma avalanche!

Descia, ainda incessantemente, ainda implacavelmente! Eu ofegava e lutava em cada vibração. Encolhia-me convulsivamente a cada balanço. Meus olhos seguiam sua corrida para cima e para baixo com a ansiedade do desespero mais sem sentido. Eles se fechavam espasmodicamente na descida, embora a morte fosse um alívio. Oh, que indescritível! Ainda assim, eu estremecia em cada nervo ao pensar em como o ligeiro afundamento da máquina precipitaria aquele machado afiado e reluzente no meu peito. Era a esperança que levava a coragem a estremecer e o corpo a encolher. Era a esperança – a esperança que triunfa no desespero – que sussurra para os condenados à morte, mesmo nas masmorras da Inquisição.

Vi que cerca de dez ou doze oscilações trariam o aço ao contato com meu camisolão e, com essa observação, de repente meu espírito sentiu toda a calma do desespero. Pela primeira vez durante muitas horas – ou talvez dias –, consegui pensar. Percebi agora que a amarra, ou correia, era a única coisa que me amarrava. Não estava atado por nenhuma outra corda. O primeiro golpe da meia-lua em forma de navalha em qualquer parte da correia iria cortá-la e eu poderia me soltar usando minha mão esquerda. Mas que terrível, nesse caso, seria a proximidade do aço! O resultado da menor luta terminaria sendo mortal! Era improvável, além disso, que os asseclas do torturador não tivessem previsto e pensado nessa possibilidade! Era provável que a corda cruzasse meu peito na trilha do pêndulo? Temendo desmaiar e assim frustrar minha última esperança, ergui minha cabeça para obter uma visão desobstruída do meu peito. A correia envolvia meus membros e corpo em todas as direções, exceto no caminho da meia-lua destruidora.

Mal tinha baixado minha cabeça de volta à sua posição original, quando surgiu em minha mente o que não posso descrever mais do que a metade incompleta daquela ideia de libertação à qual aludi anteriormente e que apenas uma parte flutuava indeterminada na minha mente quando trouxe a comida até meus lábios ardentes. Todo o pensamento estava agora presente. débil, pouco sensato, pouco definido, mesmo assim inteiro. Prossegui imediatamente, com a energia nervosa do desespero, para tentar sua execução.

Por muitas horas, os ratos tinham pululado ao redor da estrutura baixa sobre a qual eu estava. Eles eram selvagens, corajosos, vorazes; seus olhos vermelhos me encaravam como se esperassem apenas que eu ficasse imóvel para me atacarem.

– A que comida – pensei – eles tinham sido acostumados no poço?

Eles tinham devorado, apesar de todos os meus esforços para evitar, tudo menos um pequeno pedaço do conteúdo do prato. Tinha usado minha mão como um leque sobre o prato e, por fim, a uniformidade inconsciente do movimento a privou de qualquer efeito. Em sua voracidade, os animais frequentemente enfiavam suas presas afiadas em meus dedos. Com as partículas da comida oleosa e condimentada que agora sobrava, esfreguei bem a correia onde podia alcançá-la, depois, erguendo a mão do chão, fiquei totalmente quieto.

A princípio, os animais vorazes ficaram assustados e aterrorizados com a mudança – com o fim do movimento. Eles recuaram, alarmados; muitos procuraram o poço. Mas isso durou só um momento. Não tinha contado em vão com sua voracidade. Observando que permanecia imóvel, um ou dois dos mais ousados saltaram sobre a estrutura e sentiram o cheiro na correia. Pareceu o sinal para uma corrida geral. A partir do poço, novos contingentes vieram correndo. Eles se agarravam à madeira, invadiram e saltaram centenas em cima de mim. O movimento medido do pêndulo não os incomodava para nada. Evitando seus golpes, se ocuparam da correia untada. Pressionaram, subiram em mim como um enxame. Eles se contorciam na minha garganta, seus focinhos frios buscavam os meus. Eu estava meio sufocado pela pressão deles. Um nojo, impossível de descrever, inchava meu peito e gelava, com um sufoco pesado, meu coração. Mais um minuto e senti que a luta terminaria. Claramente percebi que a correia ia afrouxando. Sabia que em mais de um lugar já devia estar solta. Mas, com uma resolução sobre-humana, permaneci imóvel.

Nem eu tinha errado em meus cálculos, nem tinha sofrido em vão. Por fim, senti que estava livre. A correia estava solta sobre meu corpo. Mas a passagem do pêndulo já pressionava meu peito. Tinha cortado o pano do camisolão. Tinha cortado a roupa que usava por baixo. Duas vezes tinha balançado e uma aguda sensação de dor atravessou todos meus nervos. Mas o momento de fuga havia chegado. Com um movimento de minha mão, meus libertadores fugiram de forma tumultuada. Com um movimento constante – cauteloso, lateral, contido e lento – escorreguei do alcance da correia e do alcance da cimitarra. Por enquanto, pelo menos, eu estava livre.

Livre! E nas garras da Inquisição! Eu mal tinha saído do meu horrível leito de madeira sobre o chão de pedra da prisão, quando o movimento da máquina infernal cessou e eu a vi sendo levantada, por alguma força invisível, até o teto. Esta foi uma lição que tomei muito a sério. Todos os meus movimentos estavam sendo, sem dúvida, observados. Livre! Eu havia apenas escapado da morte sob a forma de uma tortura, para ser entregue a uma morte ainda pior que a anterior. Com esse pensamento, olhei nervosamente para as barreiras de ferro que me cercavam. Algo incomum, uma mudança que, a princípio, não tinha conseguido apreciar distintamente, claramente tinha acontecido naquele calabouço. Por muitos minutos de uma abstração sonhadora e trêmula, eu me ocupei em conjeturas vãs e desconexas. Durante esse período, tomei conhecimento, pela primeira vez, da origem da luz sulfurosa que iluminava a cela. Vinha de uma fissura de cerca de meia polegada de largura, que se estendia inteiramente ao redor da prisão na base das paredes, que por isso parecia e estava completamente separada do chão. Eu tentei, mas claro que foi em vão, olhar através da abertura.

Quando desisti da tentativa, entendi repentinamente o mistério da alteração na masmorra. Tinha observado que, embora os contornos das figuras nas paredes fossem suficientemente claros, as cores pareciam borradas e indefinidas. Essas cores tinham agora assumido um brilho surpreendente e mais intenso, que dava aos retratos espectrais e diabólicos um aspecto que poderia ter assustado até mesmo nervos mais firmes do que os meus. Os olhos demoníacos, de uma vivacidade selvagem e medonha, me observavam de mil direções, sendo que antes nenhum era visível, e brilhavam com o esplendor sinistro de um fogo que não conseguia forçar minha imaginação a considerar irreal.

Irreal! Quando respirei, veio às minhas narinas o cheiro do vapor de ferro aquecido! Um odor sufocante invadiu a cela! Havia um brilho profundo a todo momento nos olhos que espiavam minhas agonias! As imagens horríveis e sanguíneas foram ficando cada vez mais vermelhas. Eu perdi o fôlego! Lutava para respirar! Não havia dúvidas sobre o objetivo dos meus algozes. Oh! Os mais implacáveis! Oh! Os mais demoníacos dos homens! Recuei para o centro da cela. Em meio ao pensamento da destruição ardente que se impunha, a ideia do frescor do poço tomou conta da minha alma como um bálsamo. Corri para a beira mortal. Olhei para baixo. O clarão do teto iluminava todas as partes. No entanto, por um momento louco, meu espírito se recusou a compreender o significado do que via. Por fim, fui forçado a entender, aquilo penetrou em minha alma, queimou minha razão estremecida. Oh! Gostaria de poder me expressar! Horror! Qualquer horror menos isso! Com um grito, me afastei da margem e enterrei meu rosto nas mãos. Chorando amargamente.

O calor aumentava rapidamente e mais uma vez olhei para cima, estremecendo com um ataque de febre. Houve uma segunda mudança na cela e agora tinha a ver com a forma. Como antes, lutei para, no começo, apreciar ou entender o que estava acontecendo. Mas não fiquei com dúvidas por muito tempo. A vingança da Inquisição foi acelerada pela minha dupla fuga, e o Rei dos Terrores não queria perder mais tempo. O quarto era quadrado. Vi que dois de seus ângulos de ferro eram agora agudos, os outros dois, consequentemente, obtusos. A assustadora diferença aumentou rapidamente com um som baixo e estrondoso. Em um instante, o aposento mudou sua forma para a de um losango. Mas a alteração não parou aqui, nem esperava ou desejava que parasse. Eu poderia ter apertado as paredes vermelhas contra meu peito como uma vestimenta de paz eterna.

– Morte – falei –, qualquer morte que não seja o poço!

Idiota! Como eu podia ignorar que era para dentro do poço que o ferro ardente queria me impelir? Poderia resistir à sua incandescência? Ou, mesmo que conseguisse, poderia suportar sua pressão? E agora, cada vez mais achatado ficava o losango, com uma rapidez que não me dava tempo para contemplação. Seu centro e, claro, sua maior largura, vinha logo acima da boca do poço. Eu recuei, mas as paredes se fechavam me pressionando e não havia como resistir. Por fim, para o meu corpo queimado e contorcido, não havia mais um centímetro de apoio no chão firme da prisão. Não lutei mais, mas a agonia da minha alma encontrou vazão em um grande grito final de desespero. Senti que cambaleava à beira do poço. Desviei os olhos...

Houve um zumbido dissonante de vozes humanas! Houve uma explosão alta como de muitas trombetas! Houve um rangido áspero de mil trovões! As paredes de fogo recuaram! Um braço estendido pegou o meu quando estava caindo, desmaiando, no abismo. Era o do General Lasalle. O exército francês havia entrado em Toledo. A Inquisição estava nas mãos de seus inimigos.

MANUSCRITO ENCONTRADO EM UMA GARRAFA

Qui n'a plus qu'un moment a vivre.
*N'a plus rien a dissimuler.**
Philippe Quinault, Atis

Do meu país e da minha família, tenho pouco a contar. Um tratamento injusto e a grande quantidade de anos me tiraram de um e me afastaram do outro. Minha herança me proporcionou uma educação acima da média, e uma mentalidade contemplativa me permitiu usar com método tudo que os primeiros estudos muito diligentemente acumularam. Acima de tudo, o estudo dos moralistas alemães me deu grande deleite,

* Aquele a quem não resta senão um momento de vida. Nada mais tem a esconder.

não por qualquer imprudente admiração da loucura eloquente deles, mas pela facilidade com que meus hábitos de pensamento rígido me permitiram detectar suas falsidades. Muitas vezes fui reprovado pela aridez do meu gênio, uma deficiência de imaginação me foi imputada como crime e o pirronismo das minhas opiniões sempre me tornou notório. De fato, temo que um forte prazer pela filosofia física tenha tingido minha mente com um erro muito comum dessa época, refiro-me ao hábito de fazer referência, mesmo as menos suscetíveis de tal relação, aos princípios dessa ciência. No geral, nenhuma pessoa poderia ser menos responsável do que eu por me afastar das fronteiras severas da verdade pelo fogo-fátuo da superstição. Julguei apropriado ter premissas assim, para que a incrível história que tenho a contar não seja considerada o delírio de uma imaginação desenfreada, em vez da experiência positiva de uma mente para quem os devaneios da fantasia são letra morta e nulidade.

Depois de muitos anos em viagens ao exterior, naveguei no ano 18..., partindo do porto de Batávia, na rica e populosa ilha de Java, em uma viagem ao arquipélago das ilhas Sunda. Fui como passageiro, não tendo nenhum outro motivo além de um tipo de inquietação nervosa que me assombrava como um demônio.

Nosso barco era um belo navio de cerca de quatrocentas toneladas, de cobre e construído com teca de Malabar, em Bombaim. Estava carregado com algodão e óleo das ilhas Laquedivas. Também tínhamos a bordo fibra de coco, jagra,* ghee,** sementes de cacau e algumas caixas de ópio. O acondicionamento foi feito de maneira desajeitada e o navio, consequentemente, escorava.

Partimos com um leve sopro de vento a favor, e por muitos dias seguimos a costa oriental de Java, sem qualquer outro

---

* Açúcar escuro, não refinado.

** Espécie de manteiga usada na culinária indiana.

incidente para reduzir a monotonia do nosso curso do que o encontro ocasional com alguns dos pequenos barcos do arquipélago ao qual nos encaminhávamos.

Certa noite, debruçado sobre a amurada, observei uma nuvem isolada e muito estranha ao noroeste. Era notável, tanto por sua cor quanto por ser a primeira que víamos desde a nossa partida de Batávia. Observei-a atentamente até o pôr do sol, quando se espalhou de repente para o leste e para o oeste, girando no horizonte com uma faixa estreita de vapor e parecendo uma longa linha de praia. Minha atenção logo foi atraída pela aparência vermelho-escura da lua e o caráter peculiar do mar. Este último estava passando por uma mudança rápida e a água parecia mais transparente do que o normal. Embora eu pudesse distinguir bem o fundo, ainda assim, quando lancei a sonda, descobri que havia quinze braças de profundidade. O ar agora se tornava intoleravelmente quente e estava carregado com exalações espirais semelhantes às que surgiam do ferro aquecido. Quando a noite chegou, cada sopro de vento desapareceu, uma calma mais completa é impossível conceber. A chama de uma vela queimava na popa sem o menor movimento perceptível e um longo fio cabelo, que eu segurava entre dois dedos, não detectou nenhuma vibração. No entanto, como o capitão disse que não percebia nenhuma indicação de perigo, e como estávamos à deriva perto da costa, ordenou que as velas fossem enroladas e a âncora liberada. Nenhuma vigilância foi montada, e a tripulação, composta principalmente por malaios, deitou no convés. Eu desci, não sem um pressentimento forte do mal. De fato, toda a aparência me garantia que estava sentindo a presença de um Simum.* Contei ao capitão meus temores, mas ele não prestou atenção ao que eu disse e me deixou sem se dignar a dar uma resposta. Meu desconforto, no entanto, me impediu de dormir e por volta da

* Vento muito quente que sopra do centro da África em direção ao norte. [N.T.]

meia-noite fui para o convés. Quando coloquei meu pé no último degrau da escada, fui surpreendido por um zumbido alto, como aquele ocasionado pelo rápido movimento de uma roda de moinho, e antes que pudesse averiguar o seu significado, senti que o navio estremecia. No instante seguinte, muita espuma nos arremessou contra as vigas e, avançando sobre nós da proa para a popa, varreu todo o convés de ponta a ponta.

A extrema fúria da rajada significou, em grande medida, a salvação do navio. Embora completamente submerso pela água, no entanto, quando seus mastros tinham voado pela borda, o barco saiu, depois de um minuto, do mar e, cambaleando por algum tempo sob a terrível pressão da tempestade, finalmente se endireitou.

Por qual milagre eu escapei da destruição, é impossível dizer. Atordoado pelo choque da água, eu me encontrei, após me recuperar, preso entre o poste e o leme. Com grande dificuldade, fiquei de pé e, olhando ao redor, ainda tonto, achei que tínhamos nos chocado contra os recifes, era absolutamente fantástico e inacreditável o redemoinho de montanhas de água e espuma em que estávamos. Depois de um tempo, ouvi a voz de um velho sueco, que havia embarcado conosco no momento em que saíamos do porto. Gritei com toda a minha força e ele veio cambaleando até a popa. Logo descobrimos que éramos os únicos sobreviventes do acidente. Todos no convés, com exceção de nós mesmos, tinham sido arrastados para o mar. O capitão e os companheiros deviam ter morrido enquanto dormiam, pois as cabines estavam cheias de água. Sem ajuda, poderíamos fazer pouco pelo navio, e nossos esforços foram inicialmente paralisados pela certeza de que iríamos afundar. Nosso cabo tinha, é claro, partido como barbante na primeira investida do furacão ou teríamos sido instantaneamente soterrados. Avançamos com velocidade assustadora pelo mar e a água saltava sobre nós. A estrutura da nossa popa foi totalmente destruída e, em quase todos os aspectos, tínhamos sofrido danos consideráveis, mas, para nossa extrema alegria, encontramos as bombas funcionando e não havia grandes mudanças em nosso lastro. A fúria principal da explosão já havia passado e sentimos pouco perigo vindo da violência do vento, mas esperávamos ansiosamente sua parada total com desânimo por acreditar que, na destruição em que estávamos, inevitavelmente morreríamos com a violenta onda que viria a seguir. Mas essa justa apreensão não aconteceu de maneira nenhuma. Durante cinco dias e noites inteiros – durante os quais nossa única subsistência era uma pequena quantidade de jagra, obtido com grande dificuldade da proa – o barco voava a um ritmo que desafiava a compreensão, com rápidas e sucessivas rajadas do vento que, sem igualar a violência da Simum, ainda eram mais terríveis do que qualquer tempestade que já havia visto. Nosso curso nos primeiros quatro dias foi, com variações insignificantes, sul-sudeste e devemos ter corrido pela costa da Nova Holanda. No quinto dia, o frio tornou-se extremo, embora o vento viesse de um ponto mais para o norte. O sol surgiu com um brilho amarelo doentio e subiu poucos graus acima do horizonte, mas não emitia luz intensa. Não havia nuvens aparentes, mas o vento aumentava e soprava com uma fúria incerta e instável. Por volta do meio-dia, tanto quanto poderíamos imaginar, nossa atenção foi novamente atraída pela aparição do sol. Não emitia luz propriamente dita, mas um brilho fraco e sombrio, sem reflexo, como se todos os seus raios estivessem polarizados. Pouco antes de afundar no mar inchado, seu clarão central se apagou repentinamente, como se algum poder inexplicável acabasse de apagá-lo. E não passava de um aro desbotado quando afundou no oceano insondável.

Esperamos em vão pela chegada do sexto dia, um dia que para mim não chegou e para o sueco, não chegou jamais. Daí em diante, fomos envolvidos pela escuridão irregular, de modo que não poderíamos ver um objeto a vinte passos do navio. A noite eterna continuou a nos envolver, sem nem mesmo o alívio brilho do mar fosfórico ao qual tínhamos nos acostumado nos trópicos. Observamos também que, embora a tempestade continuasse a se enfurecer com violência inabalável, não havia mais como descobrir a aparência habitual de arrebentação, ou espuma, que até então nos havia atingido. Tudo ao nosso redor era horror, uma escuridão espessa e um deserto negro e escaldante de ébano. O terror supersticioso penetrou gradualmente no espírito do velho sueco e minha própria alma estava envolta em silencioso assombro. Negligenciamos todo cuidado com o navio, pois era pior que inútil, e nos protegendo da melhor forma possível no toco do mastro, olhávamos tristes para o imenso oceano. Não tínhamos meios de calcular o tempo, nem podíamos deduzir nossa posição. Estávamos, no entanto, bem conscientes de ter avançado mais para o sul do que qualquer navegador anterior e ficamos muito surpresos por não termos encontrado os impedimentos usuais do gelo. Nesse ínterim, todo momento ameaçava ser nosso último com ondas grandes como montanhas precipitando-se para nos enterrar. As ondas superavam tudo que eu imaginava ser possível e é um milagre que não tivéssemos sido instantaneamente enterrados. Meu companheiro falou da leveza da nossa carga e me lembrou das excelentes qualidades do nosso navio, mas não pude deixar de sentir a inutilidade absoluta de sentir esperança e preparei-me melancolicamente para a morte que achei que nada poderia evitar e não demoraria mais de uma hora, pois, a cada nó que o navio avançava, as ondas daqueles horrendos mares se tornavam mais violentas. Às vezes lutávamos para respirar a uma altitude além da do albatroz, às vezes ficávamos tontos com a velocidade de nossa descida em algum inferno de águas, onde o ar ficava estagnado e nenhum som perturbava o sono do Kraken.*

Estávamos no fundo de um desses abismos, quando um grito rápido do meu companheiro cortou, angustiado, a noite.

---

* No folclore nórdico, era uma lula gigante que destruía navios. [N.T.]

– Veja! Veja! – gritou ele em meus ouvidos. – Deus Todo Poderoso! Veja! Veja! – Enquanto ele falava, tomei consciência de um clarão fraco e sombrio de luz vermelha que escorria pelos lados do vasto abismo onde estávamos e lançava um brilho incisivo sobre o convés. Levantando meus olhos, contemplei um espetáculo que congelou meu sangue. A uma altura fantástica, logo acima de nós e à beira da descida íngreme, pairava um navio gigantesco de, talvez, quatro mil toneladas. Embora erguida no alto de uma onda mais de cem vezes a sua própria altura, seu tamanho aparente ultrapassava o de qualquer navio de linha ou da Companhia das Índias Orientais. Seu enorme casco era de um negro profundo e sombrio, sem nenhum dos costumeiros adornos de um navio. Uma única fileira de canhões de bronze projetava-se de suas portas abertas e lançava de suas superfícies polidas o fogo de inumeráveis lanternas de batalha, que balançavam de um lado para outro em suas cordas. Mas o que mais nos inspirou horror e espanto foi que o navio se agitou sob a pressão das velas na fúria daquele mar sobrenatural e daquele furacão ingovernável. Quando descobrimos pela primeira vez o barco, só era possível ver seus arcos, que se levantavam lentamente do fosso sombrio e horrível atrás de si. Por um momento de intenso terror, ele parou no vertiginoso pináculo, como se contemplasse sua própria sublimidade, depois tremeu, cambaleou e desceu.

Neste instante, não sei que súbito autocontrole dominou meu espírito. Cambaleando para o mais longe que pude, esperei sem medo o desastre que estava a ponto de nos esmagar. Nosso próprio navio estava desistindo de lutar e mergulhava de cabeça para o mar. O choque da massa que descia atingiu nosso barco, consequentemente, naquela parte de sua estrutura que já estava submersa, e o resultado inevitável foi me lançar, com violência irresistível, sobre o cordame do estranho navio.

Quando caí, o navio virou de bordo, girou e pela confusão que se seguiu atribuo que não tenha sido notado pela tripulação.

Com pouca dificuldade, avancei sem ser percebido até a escotilha principal que estava parcialmente aberta e logo encontrei uma oportunidade de me esconder no porão. Por que fiz isso, mal posso explicar. Uma sensação indefinida de espanto, quando vi pela primeira vez os tripulantes do navio, tinha tomado conta do meu espírito, talvez tenha sido o que me levou a me ocultar. Não estava disposto a confiar em indivíduos que ofereciam, depois de uma olhada superficial que eu havia dado, tantos pontos de vaga novidade, dúvida e apreensão. Por isso, achei adequado encontrar um esconderijo no porão. Fiz isso removendo uma pequena parte de tábuas, de modo a me proporcionar um conveniente esconderijo entre as enormes vigas do navio.

Eu mal havia concluído meu trabalho quando uns passos no porão me obrigaram a fazer uso dele. Um homem passou pelo meu esconderijo com um andar fraco e instável. Não pude ver seu rosto, mas tive a oportunidade de observar sua aparência geral. Havia nele uma evidência de sua idade avançada e sua fraqueza. Seus joelhos tremiam sob a carga dos anos e todo o seu corpo estremecia ao tentar ficar de pé. Ele murmurava para si mesmo, em um tom baixo e quebrado, algumas palavras de um idioma que não pude entender, tateando em um canto entre uma pilha de instrumentos de aparência singular e velhas cartas de navegação. Seus modos eram uma mistura selvagem do mau humor da segunda infância e da solene dignidade de um Deus. Ele finalmente foi para o convés e não o vi mais.

Uma sensação, para a qual não tenho nome, tomou posse de minha alma – uma sensação que não admitirá nenhuma análise, para a qual as lições dos tempos passados são inadequadas e pela qual temo que o próprio futuro não vai me oferecer nenhuma chave. Para uma mente constituída como a minha, a última consideração é uma desgraça. Eu nunca, sei que nunca, irei ficar satisfeito com a natureza das minhas concepções. No entanto, não é maravilhoso que essas concepções sejam indefinidas, já que têm origem em fontes tão completamente novas. Um novo sentido, uma nova entidade foi incorporada à minha alma.

Já faz muito tempo que pisei no convés desse navio terrível e os raios do meu destino estão, acho, se juntando em um foco. Homens incompreensíveis! Envolvidos em meditações de um tipo que não posso adivinhar, passam por mim sem me notar. Esconder-me é uma loucura total da minha parte, pois essas pessoas não me veem. Agora mesmo passei diretamente diante dos olhos do imediato, não faz muito tempo que me aventurei na cabine particular do capitão e tirei daí os materiais com que escrevo isso e o anterior. De vez em quando continuarei este diário. É verdade que posso não encontrar uma oportunidade de transmiti-lo ao mundo, mas não vou deixar de tentar. No último momento, incluirei o manuscrito em uma garrafa, e vou jogá-lo no mar.

Ocorreu um incidente que me deu novos motivos para meditação. Essas coisas são a operação do acaso desgovernado? Eu tinha me aventurado no convés e me jogado para baixo, sem atrair nenhuma atenção, entre uma pilha de cordas e velhas velas no fundo de um bote. Enquanto meditava sobre a singularidade do meu destino, distraidamente ia pintando com um pincel cheio de alcatrão as pontas de uma vela cuidadosamente dobrada que estava perto de mim em um barril. A vela está agora pendurada no alto do navio, e os toques impensados do pincel estão espalhados formando a palavra DESCOBERTA.

Fiz muitas observações ultimamente sobre a estrutura do navio. Embora bem armado, não é, penso eu, um barco de guerra. Suas cordas, construção e equipamento geral, tudo negava uma suposição desse tipo. O que ele não é posso facilmente perceber, mas é impossível dizer o que ele é. Não sei como isso acontece, mas ao examinar seu modelo estranho e a incomum disposição do mastro, seu enorme tamanho e suas enormes velas, seu arco severamente simples e sua antiquada popa, passou ocasionalmente pela minha mente uma sensação de coisas familiares, e sempre se mistura uma sombra indistinta de recordação, uma lembrança inexplicável de velhas crônicas e épocas estrangeiras de muito tempo atrás.

Estive olhando para as madeiras do navio. Está feito com um material que não conheço. Há um caráter peculiar sobre a madeira que me parece não combinar com o propósito ao qual foi destinada. Refiro-me à sua extrema porosidade, considerada independentemente da condição criada pelos vermes que é uma consequência da navegação nestes mares e tirando a podridão que acompanha a idade. Vai parecer talvez uma observação um pouco curiosa demais, mas essa madeira teria todas as características do carvalho espanhol, se o carvalho espanhol fosse dilatado por qualquer meio não natural.

Ao ler a sentença acima, lembrei de um curioso dito de um velho navegador holandês castigado pelo tempo: "É tão seguro" – ele costumava dizer, quando havia alguma dúvida sobre sua veracidade –, "tão seguro quanto a existência de um mar onde os navios crescem como o corpo vivo do marinheiro."

Cerca de uma hora atrás, me atrevi a passar entre um grupo da tripulação. Eles não prestaram nenhuma atenção em mim e, embora eu estivesse no meio de todos eles, pareciam totalmente inconscientes da minha presença. Como o que eu tinha visto no porão, todos exibiam as marcas de uma avançada idade. Seus joelhos tremiam de enfermidade, seus ombros estavam dobrados com decrepitude, suas peles enrugadas sacudiam ao vento, suas vozes eram baixas, trêmulas e quebradas, seus olhos brilhavam com reuma dos anos e seus cabelos grisalhos escorriam terrivelmente na tempestade. Ao redor deles, em todas as partes do convés, estavam espalhados instrumentos matemáticos da construção mais antiquada e obsoleta.

Mencionei há pouco um mastro quebrado. A partir desse momento o navio, mesmo arrebatado pelo vento, continuou seu curso fantástico para o sul, com todos os farrapos abertos do alto do mastro até as mais baixas e afundando a todo momento a ponta de seu elegante joanete no inferno de água mais terrível que um homem pode imaginar. Acabo de deixar o convés, onde acho impossível manter o equilíbrio, embora a tripulação pareça não ter problema com isso. Parece um milagre que a nossa enorme massa não seja engolida de uma vez e para sempre. Estamos certamente condenados a flutuar no limiar da Eternidade, sem dar um mergulho final no abismo. Cruzamos milhares de vezes as ondas mais estupendas que já vi, nos afastamos com a facilidade da gaivota e as águas colossais erguem suas cabeças acima de nós como demônios das profundezas, mas como demônios confinados a simples ameaças e proibidos de nos destruir. Sou levado a atribuir essas fugas frequentes à única causa natural que poderia explicar esse efeito. Devo supor que o navio esteja sob a influência de alguma corrente forte ou impetuosa.

Vi o capitão cara a cara e em sua própria cabine, mas, como eu esperava, ele não prestou nenhuma atenção em mim. Embora em sua aparência não tenha, para um observador casual, nada que o indique algo diferente de qualquer homem há uma sensação de reverência e espanto irreprimíveis misturados com a sensação de admiração com que olhava para ele. Em estatura tem quase a minha altura, isto é, cerca de 1,70m. Possui um corpo bem-feito e compacto, nem robusto nem destacado em nada. Mas é a singularidade da expressão que reina sobre sua face, é a intensa, a maravilhosa, a estremecedora evidência da velhice, tão absoluta, tão extrema, que excita em meu espírito uma sensação, um sentimento inexprimível. Sua testa, embora pouco enrugada, parece carregar a marca de muitos anos. Seus cabelos grisalhos são registros do passado e seus olhos mais acinzentados são sibilas do futuro. O chão da cabine estava cheio de estranhas pastas encadernadas com dobradiças de ferro e instrumentos estragados de ciência, além de mapas esquecidos, há muito obsoletos. Sua cabeça estava curvada sobre as mãos, e ele se debruçava, com um olhar impetuoso e inquieto, sobre um papel que assumi ser uma missão e que, em todo caso, tinha a assinatura de um monarca. Ele murmurou para si mesmo, assim como o primeiro marinheiro que vi no porão, algumas palavras confusas e irritadas em uma língua estrangeira e, embora o orador estivesse perto de meu cotovelo, sua voz parecia alcançar meus ouvidos à distância de uma milha.

O navio e tudo nele estavam imbuídos de um espírito velho. A tripulação desliza para lá e para cá como os fantasmas de séculos enterrados, seus olhos têm um significado ansioso e desconfortável e quando seus dedos brilham sob o resplendor estranho das lanternas de batalha, sinto como nunca antes senti, embora durante toda minha vida tenham me interessado as antiguidades e absorvi as sombras das colunas caídas em Balbeque, Tadmor e Persépolis, até que minha própria alma se tornou uma ruína.

Quando olho em volta sinto vergonha das minhas antigas apreensões. Se eu estremeci com a tempestade que até agora nos acompanhou, como não ficar horrorizado com o confronto entre o vento e o oceano, que as palavras tornado e simum transmitem apenas uma ideia limitada e imprecisa? Tudo na vizinhança imediata do navio é a escuridão da noite eterna e um caos de água sem espuma, mas a uma légua de cada lado podemos ver, indistintamente e com intervalos, estupendas muralhas de gelo, elevando-se no céu desolado e parecendo as paredes do universo.

Como eu imaginava, o navio prova estar em uma corrente se essa denominação pode propriamente ser dada a uma maré que, uivando e guinchando entre o gelo branco, avança para o sul com uma velocidade que parece a vertiginosa queda de uma catarata.

Imaginar o horror de minhas sensações é, presumo, totalmente impossível, contudo a curiosidade de penetrar nos mistérios dessas regiões terríveis predomina até mesmo sobre o meu desespero e me reconciliará com o aspecto mais hediondo da morte. É evidente que estamos indo em direção a algum conhecimento emocionante, um segredo que jamais será comunicado e cuja conquista significa destruição. Talvez essa corrente nos leve ao próprio polo sul. Devo confessar que uma suposição aparentemente tão ousada tem todas as probabilidades de ser verdade.

A tripulação caminha no convés com um passo inquieto e trêmulo, mas há em seus semblantes uma expressão mais da ansiedade da esperança do que da apatia do desespero.

Enquanto isso, o vento ainda está em nossa popa e, como estamos com todas as velas abertas, o navio às vezes é levantado do mar. Ah, horror dos horrores! O gelo se abre repentinamente à direita e à esquerda, e estamos rodopiando vertiginosamente, em imensos círculos concêntricos, rodeando as bordas de um gigantesco anfiteatro, cujo alto das paredes se perde na escuridão e na distância. Mas pouco tempo me resta para refletir sobre meu destino, os círculos se reduzem rapidamente, mergulhamos no redemoinho e em meio a um estrondoso, berrante e trovejante oceano e tempestade, o navio está balançando. Oh Deus! E está afundando.

NOTA — O "Manuscrito Encontrado em uma Garrafa", foi originalmente publicado em 1831, e só muitos anos depois conheci os mapas de Mercator, nos quais o oceano é representado como se corresse, por quatro bocas, para o Golfo Polar (norte) para ser absorvido nas entranhas da Terra. O próprio Polo sendo representado por uma rocha negra, elevando-se a uma altura prodigiosa.

O BARRIL DE AMONTILLADO

Eu tinha suportado as mil injustiças de Fortunato da melhor maneira possível, mas quando ele se aventurou no insulto, prometi vingança. Quem conhece a natureza da minha alma, não vai supor, no entanto, que proferi uma ameaça. *De alguma forma*, eu seria vingado, isso era um ponto definitivamente resolvido. Mas a decisão devia evitar a ideia de risco. Não devo apenas punir, mas punir com impunidade. Um erro não é retificado quando a retribuição atinge também o reparador. Nem é retificado, da mesma forma, se o vingador não mostra para quem o ofendeu que aquilo é uma vingança.

Deve ser entendido que nem por palavra nem por ação dei a Fortunato motivo para duvidar da minha boa vontade.

Continuei, como era meu costume, a sorrir e ele não percebeu que meu sorriso *agora* estava pensando em sua imolação.

Ele tinha um ponto fraco – esse Fortunato – embora em outros aspectos fosse um homem a ser respeitado e até mesmo temido. Orgulhava-se de seu conhecimento de vinho. Poucos italianos têm o verdadeiro espírito virtuoso. Em sua maior parte, o entusiasmo é adotado para se adequar ao tempo e às oportunidades, para enganar os milionários britânicos e austríacos. Com quadros e pedras preciosas, Fortunato, assim como seus conterrâneos, era um charlatão, mas, em relação aos vinhos antigos, ele era sincero. A esse respeito não diferi dele materialmente: eu era hábil nas safras italianas e comprava em grande quantidade sempre que podia.

Foi por volta do anoitecer, uma tarde, durante a loucura suprema do carnaval, que encontrei meu amigo. Ele me abordou com simpatia excessiva, pois tinha bebido muito. O homem estava vestido de bufão. Tinha colocado uma vestimenta apertada e listrada, e na cabeça havia um gorro cônico com guizos. Fiquei tão feliz em vê-lo que achei que nunca iria parar de apertar sua mão.

Disse a ele: – Meu querido Fortunato, que bom encontrá-lo. Como você está bem hoje! Recebi um barril que dizem ser Amontillado e tenho minhas dúvidas.

– Como? – disse ele. – Amontillado? Um barril? Impossível! E no meio do carnaval!

– Tenho minhas dúvidas – respondi. – E fui ingênuo o suficiente de pagar o preço total do Amontillado sem consultá-lo no assunto. Não o encontrava e estava com medo de perder uma barganha.

– Amontillado!

– Tenho minhas dúvidas.

– Amontillado!

– E quero eliminá-las.

– Amontillado!

– Como você está ocupado, estou indo me encontrar com Luchesi. Se alguém pode dar uma opinião crítica, é ele. Poderá me dizer...

– Luchesi não consegue distinguir um Amontillado de um xerez.

– E ainda alguns tolos dizem que o gosto dele é equivalente ao seu.

– Então, vamos.

– Para onde?

– Para sua adega.

– Meu amigo, não. Não quero me aproveitar da sua boa vontade. Percebo que está ocupado. Luchesi...

– Não tenho nenhum compromisso. Venha.

– Meu amigo, não. Não é só o compromisso, mas a tosse severa que percebo que você tem. As adegas são insuportavelmente úmidas. Estão incrustadas com salitre.

– Vamos mesmo assim. A tosse não é nada. Amontillado! Você deve ter sido enganado. Quanto a Luchesi, ele não consegue distinguir um xerez de um Amontillado.

Assim falando, Fortunato tomou meu braço. Coloquei uma máscara de seda preta e usando uma *roquelaire** sobre os ombros, permiti que me conduzisse apressado para meu *palazzo*.

Não havia criados em casa, tinham escapado para se divertir no carnaval. Eu havia dito que não deveria voltar até a manhã seguinte e havia dado ordens explícitas para não saírem da casa. Essas ordens eram suficientes, eu bem sabia, para assegurar o desaparecimento imediato de todos assim que virasse as costas.

Tirei de seus castiçais duas velas e, dando uma para Fortunato, fiz com que passasse por vários aposentos até o arco que levava à adega. Desci por uma longa e sinuosa escadaria, pedindo que fosse cauteloso ao me seguir. Chegamos

---

* Tipo de capa. [N.T.]

finalmente ao fim da escada e paramos juntos no chão úmido das catacumbas dos Montresor.

O andar do meu amigo era instável e os guizos em seu boné tilintaram quando caminhava.

– O barril – disse ele.

– Está mais adiante – respondi –, mas observe as teias brancas que brilham nessas paredes da caverna.

Ele se virou para mim e olhou nos meus olhos com dois olhos translúcidos que destilavam sua embriaguez.

– Salitre? – perguntou, finalmente.

– Salitre – respondi. – Há quanto tempo está com essa tosse?

– Cof! Cof! Cof! Cof! Cof! Cof!...

O violento acesso de tosse não permitiu que meu pobre amigo conseguisse responder por muitos minutos.

– Não é nada – finalmente falou.

– Venha – eu disse, com decisão –, vamos voltar. Sua saúde é preciosa. Você é rico, respeitado, admirado, amado; está feliz, como eu já fui. Devem sentir sua falta. Isso não tem importância. Vamos voltar; você vai ficar doente e não posso ser responsável. Além disso, está o Luchesi...

– Chega – disse ele. – A tosse não é nada; isso não vai me matar. Não vou morrer de tosse.

– Verdade, verdade – respondi. – E, de fato, não era minha intenção alarmá-lo desnecessariamente, mas você deveria tomar todo o cuidado. Um trago deste Medoc nos defenderá da umidade.

Abri uma garrafa que tirei de uma longa fila de seus companheiros que jaziam no chão.

– Beba – falei, entregando-lhe o vinho.

Ele o levou aos lábios com um olhar malicioso. Fez uma pausa e acenou para mim com familiaridade, enquanto seus guizos tilintavam.

– Bebo – disse ele – pelos enterrados que repousam ao nosso redor.

– E eu à sua longa vida.

Ele novamente pegou meu braço e prosseguimos.

– Essas criptas – disse ele – são extensas.

– Os Montresor – respondi – eram uma grande e numerosa família.

– Esqueci quais eram suas armas.

– Um enorme pé humano de ouro num campo azul; o pé esmaga uma serpente levantada cujas presas estão incrustadas no calcanhar.

– E o lema?

– *Nemo me impune lacessit.**

– Muito bom! – ele disse.

O vinho brilhava em seus olhos e os guizos tilintaram. Minha própria fantasia tinha sido estimulada pelo Medoc. Tínhamos passado pelas paredes de ossos empilhados, com barris e tonéis misturados, nos recônditos mais íntimos das catacumbas. Parei de novo e, dessa vez, tomei coragem de agarrar Fortunato por um braço acima do cotovelo.

– O salitre! – falei: – Veja, está aumentando. Está pendurado como musgo sobre a cripta. Estamos debaixo do leito do rio. As gotas de umidade escorrem entre os ossos. Venha, vamos voltar antes que seja tarde demais. Sua tosse...

– Não é nada – falou. – Vamos continuar. Mas primeiro, outro trago do Medoc.

Abri e servi a ele uma garrafa de De Grâve. Ele esvaziou de uma vez. Seus olhos brilharam com uma luz intensa. Riu e jogou a garrafa para cima com um gesto que não entendi.

Olhei para ele com surpresa. Ele repetiu o movimento um tanto quanto grotesco.

– Você não compreende? – perguntou.

– Não – respondi.

– Então você não é da irmandade.

– Como?

---

* Ninguém me fere impunemente.

– Você não é maçom.

– Sim, sim – disse –, sou, sim.

– Você? Impossível! Um maçom?

– Um maçom – respondi.

– Um sinal – disse ele.

– É esse – respondi, tirando uma espátula debaixo das dobras da minha *roquelaire*.

– Está brincando – ele exclamou, recuando alguns passos. – Mas vamos prosseguir para o Amontillado.

– Que seja – falei, guardando a ferramenta sob o manto e novamente oferecendo-lhe o meu braço. Ele se apoiou pesadamente. Continuamos nossa rota em busca do Amontillado. Passamos por uma série de arcos baixos, descemos, seguimos em frente e descemos novamente, chegamos a uma cripta profunda, na qual a impureza do ar fazia nossas tochas brilharem cada vez mais fracas.

Na extremidade mais remota da cripta havia outra menos espaçosa. Suas paredes estavam forradas de restos humanos, amontoados até o teto, à moda das grandes catacumbas de Paris. Três lados dessa cripta interior ainda estavam ornamentados dessa maneira. Na quarta, os ossos tinham caído e jaziam dispersos pelo chão, formando em um ponto um monte de certo tamanho. Dentro da parede assim exposta pelo deslocamento dos ossos, percebemos um recesso ainda mais profundo, com profundidade de cerca de 1,5m, de largura um metro, de altura uns dois. Parecia ter sido construído para nenhum uso especial, formando apenas o intervalo entre dois dos colossais suportes do teto das catacumbas e terminava em uma de suas paredes de granito sólido.

Foi em vão que Fortunato, erguendo sua fraca tocha, tentou espiar as profundezas do recesso. A luz fraca não nos permitia ver seu final.

– Prossiga – eu disse. – Aqui está o Amontillado. Quanto a Luchesi...

– Ele é um ignorante – interrompeu meu amigo, andando inseguro para a frente, enquanto eu o seguia imediatamente em seus calcanhares. Em um instante ele tinha chegado à extremidade do nicho e, encontrando seu progresso impedido pela rocha, ficou estupidamente confuso. Em apenas um momento eu o havia acorrentado ao granito. Em sua superfície havia dois grampos de ferro, distantes um do outro cerca de 60 centímetros, na horizontal. Em um deles estava pendurada uma corrente curta, do outro um cadeado. Passar a corrente sobre sua cintura foi apenas o trabalho de alguns segundos. Ele estava muito surpreso para resistir. Retirando a chave, recuei do recesso.

– Passe sua mão – falei – pela parede. Você não pode deixar de sentir o salitre. Na verdade, é *muito* úmido. Mais uma vez, deixe-me *implorar* para você voltar. Não? Então devo deixá-lo. Mas primeiro devo prestar todas as pequenas atenções que posso.

– O Amontillado! – gritou meu amigo, ainda não recuperado de seu espanto.

– É verdade – respondi –, o Amontillado.

Enquanto dizia essas palavras, fui até a pilha de ossos que citei antes. Colocando-os de lado, logo apareceram algumas pedras de construção e argamassa. Com esses materiais e com a ajuda da minha espátula, comecei a fechar a entrada do nicho.

Mal havia colocado a primeira fileira de tijolos quando descobri que a intoxicação de Fortunato havia em boa parte passado. A primeira indicação que tive foi um gemido baixo vindo do fundo do nicho. Não era o grito de um homem embriagado. Houve então um longo e obstinado silêncio. Eu coloquei a segunda fileira e a terceira e a quarta, então ouvi as vibrações furiosas da corrente. O barulho durou vários minutos, durante os quais, para que eu pudesse ouvi-lo com mais satisfação, parei de trabalhar e sentei-me sobre os ossos. Quando por fim o tilintar diminuiu, retomei a espátula e terminei sem interrupção a quinta, a sexta e a sétima fileira. A parede estava agora quase no mesmo nível do meu peito. Parei de novo e, segurando a tocha sobre a obra de alvenaria, lancei alguns raios débeis sobre a figura lá dentro.

Uma sucessão de gritos altos e estridentes, saindo repentinamente da garganta da forma encadeada, me fizeram retroceder violentamente. Por um breve momento, hesitei, tremi. Desembainhando meu sabre, comecei a tatear sobre o recesso, mas um pensamento me tranquilizou. Coloquei minha mão no tecido sólido das catacumbas e fiquei satisfeito. Reaproximei-me da parede. Respondi aos gritos dele. Repeti como um eco, superei-os em volume e força. Fiz isso e aos poucos ele foi ficando quieto.

Já era meia-noite e minha tarefa estava chegando ao fim. Tinha completado a oitava, a nona e a décima fileira. Terminei uma parte da décima-primeira e última; só faltava uma única pedra a ser encaixada e cimentada. Lutei com seu peso, coloquei-a parcialmente em sua posição destinada. Mas agora veio do nicho uma risada baixa que arrepiou os pelos da minha nuca. Foi sucedida por uma voz triste, que tive dificuldade em reconhecer como a do nobre Fortunato. A voz dizia:

– Ha! Ha! Ha! He! He! Uma piada muito boa, de fato. Uma excelente brincadeira. Vamos rir muito com ela no *palazzo*. He! He! He! Enquanto bebemos um vinho. He! He! He!

– O Amontillado! – falei.

– He! He! He! He! He! He! Sim, o Amontillado. Mas não está ficando tarde? Não estarão nos esperando no *palazzo*, minha esposa e o resto? Vamos embora.

– Sim – eu disse –, vamos embora.

– *Pelo amor de Deus, Montressor!*

– Sim – falei. – Pelo amor de Deus!

Mas a essas palavras não ouvi nenhuma resposta. Fiquei impaciente. Chamei em voz alta:

– Fortunato!

Nenhuma resposta. Chamei de novo:

– Fortunato!

Continuei sem resposta. Enfiei uma tocha pela abertura que havia e deixei que caísse dentro. Em resposta apenas um tilintar dos guizos. Senti uma náusea por causa da umidade das catacumbas. Eu me apressei para terminar meu trabalho. Forcei a última pedra em sua posição e cimentei tudo. Contra a nova alvenaria, reergui a antiga muralha de ossos. Por meio século, nenhum mortal os perturbou. *In pace requiescat!*

O RETRATO OVAL

O castelo no qual meu criado tinha se aventurado a fazer uma entrada forçada, em vez de permitir que eu, gravemente ferido como estava, passasse uma noite ao relento, era uma daquelas construções que misturam a melancolia e grandeza que há tanto tempo se levantavam nos Apeninos, tanto na realidade quanto na imaginação da senhora Radcliffe. Até onde sabíamos, tinha sido recente e temporariamente abandonado. Nós nos estabelecemos em um dos quartos menores e menos suntuosamente mobiliados. Ficava em uma torre remota do castelo. Sua decoração era rica, mas estava esfarrapada e envelhecida. Suas paredes estavam decoradas com tapeçaria e enfeitadas com múltiplos e variados troféus heráldicos, juntamente com um número insolitamente grande de pinturas modernas muito espirituosas em molduras de rico arabesco dourado. Meu delírio incipiente fazia com que eu me interessasse muito por aqueles quadros, espalhados por todas as paredes, além dos muitos recantos que a arquitetura bizarra do castelo criava, de modo que pedi a Pedro que fechasse as pesadas venezianas do quarto – já era noite – para acender as velas de um candelabro alto junto à cabeceira da minha cama e abrisse bem as cortinas de veludo preto com franjas que cercavam a cama. Queria tudo isso para poder me resignar, se não conseguisse dormir, pelo menos a contemplar aqueles quadros, e à leitura de um pequeno volume que havia encontrado sobre o travesseiro e que pretendia analisá-los e descrevê-los.

Por muito tempo li o livro e devotadamente olhei para eles. Rápida e gloriosamente as horas voaram e chegou a meia-noite profunda. A posição do candelabro me desagradava e, esticando com dificuldade minha mão, em vez de perturbar meu criado adormecido, coloquei-o de modo a lançar sua luz sobre o livro.

Mas a ação produziu um efeito totalmente imprevisto. Os raios de luz das numerosas velas (pois eram muitas) agora iluminaram um nicho do aposento que até então estivera mergulhado na sombra profunda por uma das colunas da cama. Vi assim, com uma luz intensa, um quadro que não tinha notado antes. Era o retrato de uma jovem que começava a amadurecer para a vida adulta. Olhei para a pintura apressadamente e então fechei meus olhos. Por que fiz isso eu mesmo não entendi no começo. Mas, enquanto minhas pálpebras permaneceram assim fechadas, repassei em minha mente a razão de tê-las fechado. Foi um movimento impulsivo para ganhar tempo e pensar. Ter certeza de que minha visão não tinha me enganado, acalmar-me, subjugar minha fantasia e permitir um olhar mais sóbrio e seguro. Em poucos instantes, olhei de novo fixamente para a pintura.

Que eu agora via com nitidez não podia e não iria duvidar pois o primeiro lampejo das velas naquela tela pareceu dissipar o estupor sonolento que estava roubando meus sentidos e me devolveu imediatamente à vigília.

O retrato, já contei, era de uma jovem garota. Era somente a cabeça e os ombros, feito no que é tecnicamente denominado uma vinheta, muito no estilo dos bustos favoritos de Sully. Os braços, o seio e até as pontas dos cabelos radiantes se fundiam imperceptivelmente na vaga, mas profunda, sombra que formava o fundo do retrato. A moldura era oval, ricamente dourado e filigranado em estilo *Mouresque*. Em termos de arte, nada poderia ser mais admirável do que o quadro em si. Mas não poderia ter sido nem a execução do trabalho, nem a beleza imortal do semblante, que tão súbito e tão veementemente havia me tocado. Menos do que tudo, poderia ter sido que minha fantasia, abalada pela meia sonolência, tivesse confundido a cabeça com a de uma pessoa viva. Vi de imediato que as peculiaridades do desenho, da vinheta e da moldura devem ter dissipado instantaneamente tal ideia, devem ter impedido até mesmo sua confusão momentânea. Pensando seriamente nesses pontos, permaneci por uma hora talvez, meio sentado, meio reclinado, com a visão voltada para o retrato. Por fim, satisfeito com o verdadeiro segredo do efeito, me enfiei novamente dentro da cama. O feitiço do quadro era sua absoluta aparência de vida que, a princípio, tinha me surpreendido, finalmente confundido, subjugado e terminou me aterrorizando. Com profundo e reverente respeito coloquei o candelabro em sua posição anterior. Com a causa da minha profunda agitação tendo sido, assim, afastada de minha visão, busquei avidamente o volume que discutia as pinturas e suas histórias. Voltando ao número que designava o retrato oval, li as palavras vagas e pitorescas que se seguem:

"Era uma donzela da mais rara beleza, e tão amável quanto cheia de alegria. E terrível foi a hora em que ela viu, amou e se casou com o pintor. Ele, apaixonado, estudioso, austero e já tendo uma noiva em sua Arte. Ela, uma donzela da mais rara beleza e tanto amável quanto cheia de alegria; toda luz e sorrisos, e brincalhona como um jovem gamo. Amando e cuidando de todas as coisas, odiando apenas a Arte que era sua rival, temendo apenas a paleta, os pincéis e outros instrumentos desagradáveis que a privavam do rosto de seu amante. Portanto, foi uma coisa terrível para essa dama ouvir o pintor falar de seu desejo de retratar sua jovem esposa. Mas ela era humilde e obediente, e sentou-se mansamente por muitas semanas no escuro e alto aposento da torre, onde a luz pingava pelo teto apenas sobre a tela pálida. Mas ele, o pintor, se orgulhava de seu trabalho, que se prolongava por horas e durante muitos dias. Era um homem apaixonado, violento e mal-humorado, que se perdia em devaneios; de modo que não queria ver que a luz que iluminava tão mal aquela torre solitária murchava a saúde e a vivacidade de sua esposa, que definhava, algo visível para todos, menos para ele. No entanto, ela continuava a sorrir, sem reclamar, porque via que o pintor (que tinha grande renome) sentia um ardente e fervoroso prazer em sua tarefa e trabalhava dia e noite para pintar a mulher que amava, mas que ia ficando cada dia mais desanimada e fraca. E na verdade alguns que viram o retrato falaram de sua semelhança em voz baixa, como de uma poderosa maravilha, e uma prova não menos do talento do pintor do que de seu profundo amor por ela, que retratava de maneira tão extraordinária. Mas por fim, à medida que o trabalho se aproximava de sua conclusão, não admitia mais ninguém na torre pois o pintor havia ficado louco com o ardor de seu trabalho e desviava os olhos da tela apenas para contemplar o rosto de sua esposa. E ele não queria ver que as cores que espalhava sobre a tela eram tiradas das bochechas da mulher que se sentava ao seu lado. E depois de muitas semanas, mas faltando pouco a fazer, exceto algumas pinceladas na boca e uma coloração no olho, o espírito da dama oscilava, vacilante como a chama no interior da lâmpada. E então a pincelada foi dada, a coloração foi colocada e por um momento, o pintor ficou em êxtase diante do trabalho que havia feito. Um tempo depois, ainda olhando para ele, tremeu, muito pálido e horrorizado, gritou em voz alta: "Esta é realmente a própria Vida!" E de repente, virou-se para olhar sua amada: ela estava morta!